U0083246

民國文化與文學_{研究}文叢

十二編

李 怡 主編

第 **5** 冊

黑草鞋：
1937～1945 年現存中國抗戰電影文本讀解（上）

袁 慶 豐 著

國家圖書館出版品預行編目資料

黑草鞋：1937～1945年現存中國抗戰電影文本讀解（上）／
袁慶豐 著 -- 初版 -- 新北市：花木蘭文化事業有限公司，
2020〔民109〕
序4+ 目2+138 面；19×26 公分
（民國文化與文學研究文叢 十二編；第5冊）
ISBN 978-986-518-240-3（精裝）
1. 電影評論 2. 電影史 3. 中國
820.9   109010988

特邀編委（以姓氏筆畫為序）：

ISBN-978-986-518-240-3

9 789865 182403

丁 帆	王德威	宋如珊
岩佐昌暲	奚 密	張中良
張堂錡	張福貴	須文蔚
馮 鐵	劉秀美	

人民共和國文化與文學叢書
八 編 第 五 冊   ISBN：978-986-518-240-3

黑草鞋：
1937～1945 年現存中國抗戰電影文本讀解（上）

作　者	袁慶豐
主　編	李 怡
企　劃	四川大學中國詩歌研究院
總 編 輯	杜潔祥
副總編輯	楊嘉樂
編　輯	許郁翎、張雅淋　美術編輯　陳逸婷
印　刷	普羅文化出版廣告事業
出　版	花木蘭文化事業有限公司
發 行 人	高小娟
聯絡地址	235 新北市中和區中安街七二號十三樓
	電話：02-2923-1455／傳真：02-2923-1452
網　址	http://www.huamulan.tw 信箱 hml 810518@gmail.com
初　版	2020 年 9 月
全書字數	193162 字
定　價	十二編 14 冊（精裝）台幣 36,000 元

黑草鞋：
1937～1945 年現存中國抗戰電影文本讀解（上）

袁慶豐　著

作者簡介

袁慶豐，生於內蒙古呼和浩特市（1963）。上海華東師範大學文學博士（1993）。南京東南大學講師（1993）。北京大學（1996～1998、2000～2002）、美國 TCC 社區學院（1999）、北京電影學院（2009～2013）訪問學者。北京廣播學院副教授（1996）電影學碩士生導師（2000），中國傳媒大學教授（2002）、電影學專業博士生導師（2009）。

著有《黑旗袍：中國電影的文化邏輯與市場機制——2000 年以來的文本實證》（臺灣花木蘭文化事業有限公司 2020 年版）、《黑布鞋：1936～1937 年現存國防電影文本讀解》（臺灣花木蘭文化事業有限公司 2017 年版）、《黑皮鞋：抗戰爆發前的新市民電影——1933～1937 年現存中國電影文本讀解》（臺灣花木蘭文化出版社 2016 年版）、《黑乳罩：1949 年後外國電影在中國大陸的文化傳播和世俗影響》（臺灣花木蘭文化出版社 2015 年版）、《黑馬甲：民國時代的左翼電影——1932～1937 年現存中國電影文本讀解》（臺灣花木蘭文化出版社 2015 年版）、《新世紀中國電影讀片報告》（中國傳媒大學出版社 2014 年版）、《黑棉襖：民國文化中的舊市民電影——1922～1931 年現存中國電影文本讀解》（臺灣花木蘭文化出版社 2014 年版）、《黑夜到來之前的中國電影——1937 年現存國產影片文本讀解》（中國廣播電視出版社 2012 年版）、《黑白膠片的文化時態——1922～1936 年中國早期電影現存文本讀解》（上海三聯書店 2009 年版）、《欲將沉醉換悲涼——郁達夫傳》（上海文藝出版社 1998 年初版、香港花千樹出版有限公司 2001 年海外繁體字版、中國傳媒大學出版社 2010 年第三版、華東師範大學出版社 2020 年第四版）、《靈魂的震顫——文學創作心理的個案考慮》（北京廣播學院出版社 2002 年版）、《郁達夫：掙扎於沉淪的感傷》（山東文藝出版社 1997 年版）。

提　　要

從 1937 年 7 月抗戰全面爆發到 1945 年 8 月日本投降，八年間中國內地「國統區」共出產 19 部故事片，全部是抗戰電影。而自 1937 年 7 月到 1941 年 12 月太平洋戰爭爆發，香港出品抗戰電影的數量是 61 部。但現存的、公眾可以看到的只有 6 部，內地和香港各有 3 部。本書是以個案研討方式逐一讀解這些珍貴影像文本的專題學術論文結集，作者從電影史研究的高度和文化與社會生態結合的角度，體系性地再次證明：抗戰電影是戰前 1936 年出現的國防電影的戰時延伸和表現形態；而國防電影是 1932 年出現的左翼電影的升級換代版本；抗戰電影最重要的特徵，是抗日救亡啟蒙、鼓舞軍心民心、倡導家國一體、宣揚民族解放與民族獨立之自由意志。

此前，本書作者曾依據現存的、公眾可以看到 1938 年之前的 60 部左右的影片，將中國電影劃分為舊市民電影、左翼電影、新市民電影、國防電影以及國粹電影等四種形態，並將逐一討論的研究成果結為論文專輯印行，此書是最新結集。作者十幾年來堅持不懈的微觀電影史研究視角、本土理論的體系性建構，以及非主流的觀點和立場表達，特色鮮明，獨樹一幟，值得關注。

北京市社會科學研究專案
《1936～1945 年中國國防電影與抗戰電影研究》
（16YTB021）」系列成果之後半部分

民國時期新文學史料的保存與整理
——《民國文化與文學》第十二編引言

李 怡

　　與過去的中國現代文學研究相比，作為新框架的民國文學研究尤其強調豐富的文獻史料。因此，如何延續中國文學在民國時期的文獻工作就顯得十分必要了。

　　中國現代文學自民國時期一路走來，浩浩蕩蕩，波瀾壯闊，這百年歷程中的一切文學現象——作家作品、文學運動、思潮、論爭之種種信息，乃至影響文學發展的各種社會法規、制度、文化流俗等等都可以被稱作是不可或缺的「史料」，對百年中國文學發展歷程的所有總結回顧，首先就得立足於對「史料」的勘定和梳理。史料與闡釋，可以說是文學研究的兩翼，前者是基礎，後者則是我們的目標；而文學研究的興起則大體上經歷了這樣的過程：先是對文學新作於文學現象的急切的解讀闡釋，然後轉入對史料文獻的仔細梳理和考辨，再後可能是又一輪的再闡釋與再解讀。

　　民國創立，這是中國現代文學發生發展的最重要的時代，伴隨著現代文學影響的逐步擴大，除了宣示性推介或者批評性的闡釋之外，作品的結集、特定文獻的輯錄也日顯重要，這其實就是史料工作的開始。

　　史料意識的興起，反映著一個時代的知識分子對其所遭遇歷史的重視程度和估價敏感度。在這個意義上看，中國現代文學的史料意識大約是在它出現之後的數年就已經顯露，在十多年之後逐漸強化起來，反映速度也還是頗為可觀的。

　　如果暫不考慮個人文集的出版，那麼對特定主題或特定年代的文學作品

的彙編則肯定已經體現了一種保存文獻、收藏歷史的「史料意識」。

1920 年，在現代文學創立的第四個年頭，中國出版界就出現了對不同文學文體的總結性結集。

《新詩集》（第一編），由新詩社編輯部編輯，新詩社出版部 1920 年 1 月出版，收入胡適、劉半農、沈玄廬、康白情、周作人、俞平伯等人的初期白話新詩 103 首，分「寫實」、「寫景」、「寫意」、「寫情」四類編排。在序文《吾們為什麼要印新詩集》中，編者闡述了編輯工作的四大目的：一、彙集幾年試驗的成績，打消懷疑派的懷疑；二、提供一個寫新詩的範本；三、編輯起來便於閱讀新詩；四、便於對新詩進行批評。〔註 1〕這樣的目的已經體現出了清晰的史料意識。正如劉福春所指出的那樣：「這是我國出版的第一部新詩集。如果將發表在 1918 年 1 月 15 日《新青年》上胡適、沈尹默、劉半農的 9 首白話詩看作是第一次發表的新詩的話，至此詩集出版才兩年的時間，不能不說編者確是很有眼光。」「從詩集所注明的作品出處看，103 首詩共錄自 20 餘種報刊，這些報刊除《新青年》、《新潮》等影響較大的之外，有不少現今已很難見到，像《新空氣》、《黑潮》、《女界鐘》等。很多詩作因這本詩集不是『選』而得到了保存，使得我們今天重新回顧這段歷史的時候，可以較真實、完整地看到新詩最初的足跡。」〔註 2〕也在這一年，許德鄰編《分類白話詩選》由上海崇文書局於 1920 年 8 月出版，收入初期白話新詩 230 餘首，同樣按「寫景」、「寫實」、「寫情」與「寫意」四類編排。

在散文方面則有《白話文苑》（第一冊）與《白話文苑》（第二冊），洪北平編，上海商務印書館 1920 年 5 月出版，分別收入胡適、錢玄同、梁啟超、蔡元培等人白話散文作品 33 篇和 16 篇；同年，《白話文趣》由苕溪孤雛編，群英 1921 年出版，收入蔡元培、陳獨秀、錢玄同、梁啟超、魯迅等人白話的雜文、記敘文共 17 篇。

小說方面，止水編《小說》第一集由北京晨報社出版部 1920 年 11 月出版，編入止水、冰心、大悲、魯迅、晨曦等人的白話短篇小說共 25 篇，1922 年 5 月，「文學研究會叢書」推出《小說彙刊》，由上海商務印書館出版。匯輯葉紹鈞、朱自清、盧隱、許地山等人的短篇小說共 16 篇。

〔註 1〕《吾們為什麼要印新詩集？》，《新詩集》第 1 頁，上海新詩社出版部 1920 年 1 月初版。

〔註 2〕劉福春《尋詩散錄》第 5 頁，廣西師範大學出版社 2008 年。

戲劇方面，1924 年 2 月，淩夢痕編《綠湖第一集》由民智書局出版，收入淩夢痕、侯曜、尤福謂等人的獨幕劇本 6 部；1925 年 3 月，上海戲劇協社編《劇本彙刊第一集》在上海商務印書館出版，收入歐陽予倩、汪仲賢、洪深等人的獨幕劇共 3 部。

由以上的簡述我們大體可以知道，隨著現代文學的傳播，史料保存意識也迅速發展起來，無論是為了自我的宣傳、討論還是提供新文體的寫作範本，各種文學樣式的匯輯整理工作都很快展開了，從現代文學誕生直到新中國的建立，這種依循時代發展而出現的各種文學年選、文體彙編持續不斷，成為民國時期中國現代文學史料保存的主要方式。與新中國建立以後日益發展起來的強烈的「著史」追求不同，民國時期的文學史料的保存常常在以鑒賞、批評為主要功能的文學選本之中：

以文體和時間歸集的選本，例如 1923 年《中國創作小說選》（第一集），1924 年《中國創作小說選》（第二集），1925 年《彌灑社創作集》，1926 年《戀歌（中國近代戀歌集）》，1928 年《中國近代短篇小說傑作集》，1929 年《中國近十年散文集》，1930 年《現代中國散文選》，1931 年《當代文粹》、《新劇本》，1932 年《當代小說讀本》、《現代中國小說選》，1933 年《現代中國詩歌選》、《初期白話詩稿》、《現代小品文選》、、《現代散文選》、《模範散文選注》，1935 年《中華現代文學選》、《現代青年傑作文庫》、《注釋現代詩歌選》、《注釋現代戲劇選》，1936 年《現代新詩選》、《現代創作新詩選》、《幽默小品文選》，1938 年《時代劇選》，1939 年《現代最佳劇選》，1944 年《戰前中國新詩選》，1947 年《歷史短劇》、1949 年《獨幕劇選》等等。

以作家性別結集的選本，例如 1932 年《現代中國女作家創作選》，1933 年《女作家小品選》、《女作家隨筆選》，1934 年《女作家詩歌選》、《女作家戲劇選》，1935 年《當代女作家小說》，1936 年《現代女作家詩歌選》、《現代女作家戲劇選》等。

抗戰是民國時期最為重大的國家民族事件，我們也可以見到大量關於這一主題的文學選集，例如 1932 年《上海事變與報告文學》，1933 年《抗日救國詩歌》、《滬戰文藝評選》、1937 年《抗戰頌》、《戰時詩歌選》、1938 年《抗戰詩選》、《抗戰詩歌集》、《抗戰獨幕劇集》、《抗戰劇本選集》、《國防話劇初選》、《戰時兒童獨幕劇選》、《街頭劇創作集》、1939 年《抗戰文藝選》、、1941 年《抗戰劇選》等等。從中透露出了文學界與出版界強烈的時代意識和民族

意識，或者也可以說，是特殊時代的民族情感強化人們對現代文學的文獻價值的認定。

就作家個人史料的整理出版方面，最值得一提的是魯迅逝世引發的悼念潮與全集出版。早在魯迅生前，就有回憶文字見諸報端（如 1924 年曾秋士《關於魯迅先生》，[註 3] 1934 年王森然撰寫第一個魯迅評傳[註 4]），魯迅逝後，報刊雜誌上發表了大量歷史回憶，親朋舊友開始撰寫出版紀念著作（如許廣平、許壽裳、蔡元培、周作人、許欽文、孫伏園、郁達夫等），包括魯迅先生紀念委員會編《魯迅先生紀念集》等著述[註 5] 匯成了現代文學有史以來最大規模的個人史料，《魯迅全集》在 1938 年的編輯出版（上海復社版），是魯迅先生逝世之後，中國文學界一次前所未有的對當代作家文獻的搜集彙編工程，編輯委員會由蔡元培、馬裕藻、許壽裳、沈兼士、茅盾、周作人、許廣平等組成，參與編輯的有近百人。胡愈之、張宗麟總攬全域並籌措經費，許廣平與王任叔（巴人）為編校，參與校對的還包括金性堯、唐弢、柯靈、王任叔等一大批人，黃幼雄、胡仲持負責出版，徐鶴、吳阿盛、陳熬生分別聯繫排版、印刷與裝訂事宜，陳明負責發行。搜集、整理、編輯、出版乃至序跋、題簽等由一代文化界精英承擔，盡顯現代文學作為時代文化主流的強大力量。

到作家選集的編輯出版已經成為「常態」的今天，人們格外注意搜集選編的「史料」又包括了那些影響文學史整體發展的思潮、流派、論爭的文字，其實，這方面的整理、呈現工作也始於民國時期，那些文學運動、文學論爭的當事人和富有歷史眼光的學人都十分在意這方面材料的保存。據我掌握的材料看，早在 1921 年 1 月，新文學運動的開展、白話新詩的倡導才剛剛 3、4 年，胡懷琛就編輯出版了《嘗試集的批評與討論》，[註 6] 到 1920 年代後期的「革命文學」論爭之時，又有錢杏邨編輯的《現代中國文學作家》（上海泰東圖書局，1928 年），霽樓編輯的《革命文學論爭集》（生路社，1928），它們都收錄多位論爭參與人的言論。之後，我們還可以讀到各種的文學論爭資料，包括李何麟編的《中國文藝論戰》（中國書店 1929 年）、蘇汶編《文藝自由論

〔註 3〕 曾秋士《關於魯迅先生》，《晨報副刊》1924 年 1 月 12 日，曾秋士即孫伏園。
〔註 4〕 王森然：《周樹人先生評傳》，收入《近代二十家評傳》，北平杏岩書屋 1934 年 6 月版。
〔註 5〕 北新書局 1936 年 12 月初版。
〔註 6〕 胡懷琛：《嘗試集的批評與討論》，上海泰東書局 1921 年 3 月。

辨集》（現代書局 1933 年）、吳原編《民族文藝論文集》（正中書局 1934 年）、胡懷琛編《詩學討論集》、胡風編《民族形式討論集》（華中圖書公司 1941）等。

1930 年代，在現代文學發展進入第二個十年之後，文學的歷史意識也有所加強，「新文壇」、「新文學史」這樣的歷史概括也出現在學者的筆下，值得注意的是，這些對「新文壇」、「新文學」的記錄都努力保存各種文獻史料。1933 年，王哲甫編撰出版了《中國新文學運動史》（北平傑成印書局），除了對現代文學運動的描述、評論外，著作還列有「新文學作家傳略」、「作家圖片」、「著作目錄」等，皆有史論與史料彙編的雙重功能。同年阮無名《中國新文壇秘錄》（上海南強書局）出版，雖然「秘錄」一語帶有明顯的商業意味，但全書卻體現了頗為嚴謹的文獻意識，正如今人所評，該書「一方面為了保存歷史的真實和完整，對資料不輕易摘引、節錄；一方面更注意搜集容易被人忽略的零碎資料，前後加以串聯，詳加說明，使之條理分明，獨成系統。雖然，他聲明在組織這些材料時，儘量不加評論，當然在編輯過程中也無法掩飾自己的觀點，只要暗示幾筆也就夠了。」﹝註 7﹞阮無名即阿英（錢杏邨），他是中國現代文學史上最早具有自覺的史料文獻意識的學人。1934 年，阿英再編輯出版了《中國新文學運動史資料》（上海光明書局，署名張若英），這部著作雖然以新文學運動的發展為線索安排專題性的章節，但卻不是編者的評論，而是在每一專題下收羅了相關的歷史文獻，可謂是現代文學發展演變的史料大彙編。對讀今日出版的現代文學著作，我們不難見出，阿英這些最早的文獻工作足以構建起了歷史景觀的主要骨架。

在民國時期，現代文學史料整理工作最具規模也最具有影響力的成果是《中國新文學大系》的出版。

1935 年，良友圖書公司隆重推出趙家璧主編《中國新文學大系》10 大卷，其中「創作」的 7 卷，共收小說 81 家的 153 篇作品，散文 33 家的 202 篇作品，新詩 59 家的 441 首詩作，話劇 18 家的 18 個劇本，「理論」與「論爭」兩卷，「史料・索引」一卷，加以「創作」各卷的「導言」，收錄的理論文章也有近 200 篇，可以說是全方位彙集、展示了現代文學創立以來的全貌。從文學發展的角度來說，這是推動新文學作品「經典化」的重要努力，從現代文學歷史的梳理來說，則可以說是第一次文學文獻的大匯輯。《史料・索引》

﹝註 7﹞ 姜德明：《書邊草山》第 176 頁，杭州：浙江人民出版社，1982 年。

由阿英主持，在編輯中，他注意到了現代文學的版本流變問題，又將「史料」分作作家作品史料、理論論爭史料、文學會社史料、官方關於文藝的公文、翻譯作品史料、雜誌目錄等十一類，我們可以認為，這是中國現代文學史料學的第一次自覺的建構。

不過，即便良友圖書公司和史家阿英有著這樣自覺的史料學的追求與建構，在當時歸根結底也屬於民間的和學者個人的愛好與選擇，而不是國家事業的組成部分，甚至也沒有成為學科發展、學科建設的工作願景。由此觀之，我們可以發現，民國時期中國現代文學史料的保存、整理與出版工作的顯著特點。

就如同中國現代文學本身在整體上屬於作家個人、同人群體的創造活動一樣，在整個民國時期，這些文獻史料的搜集、保存和整理出版工作的主要動力還在民間的趣味和熱情，在國家政府一方面，幾乎就沒有獲得過太多的直接支持，當然，也就因為尚未被納入國家大計而最終淪為國家政府意志的附庸。這樣的現實有兩個值得注意的結果：

其一，由於缺乏來自國家層面的頂層學科規劃，現代文學的文獻史料工作的民間發展受到了種種物質和制度上的限制，長遠的學科發展方略遲遲未能成型，文學史料工作在學術規範、學理探究、思想交流等方面建樹不多。

其二，同樣道理，由於國家政府放棄了對文史工作的強力介入，更由於現代文學陣營本身對民國專制政府的從未停止的抵抗和鬥爭，各種類型的文學著作不斷撕開書報檢查的縫隙，持續為我們揭示歷史的真相，因而，在總體上我們又可以認為，民國時期的文獻史料是豐富和多樣的，如果我們將所有的文學出版物都視作必不可少的「史料」，那麼，這些風格各異、思想多元的民國文學——包括作家個人的文集、選集、全集以及各種思潮、流派、運動、論爭的文字留存，共同構築了現代文學文獻史料的巍峨大廈，足以為後世的研究提供源源不絕的資源和靈感。

2020 年 2 月改於成都

謹以此書悼念
犧牲於武漢保衛戰的中國民眾

截圖出自：《東亞之光》（故事片，黑白，有聲），中國電影製片廠（重慶）1940
年出品。編導：何非光。

這篇《序》沒有名字

歐媛媛

　　寫這篇序的時間是婦女節，家裏的地濕漉漉的，人走在上面也要當心摔跤。因為疫情困在家裏的人既不能出門放風，又不能在屋裏鍛鍊，一身肥膘從冬日積攢到了梅雨時節。老師給了我一個鍛鍊的機會，讓我給這本書寫序。老師對於序的要求是隨我寫什麼，想寫什麼寫什麼，更歡迎說些反面意見，不好聽的話。然而除了作業我少有自己動筆寫的東西，只好老老實實的求助網絡。可惜網上皆是命題作文，於此並無半點意義，不過我也明白《序》是幹嘛的了。

　　思來想去，我決定從老師是什麼樣的人開始寫起。我與老師相處的時間不長，成為老師的學生不過半年而已，但老師從不掩飾自己，所以我也大體瞭解老師的為人了。我對老師的第一印象是帽子——任誰在盛夏見人戴著一頂上海 1930 年代常見的禮帽，也會印象深刻的。無論春夏秋冬，只要是出門，老師的頭頂必定是頂著一頂這樣的老派禮帽；到了冬天，墊著厚厚坎肩的風衣一穿，活像從《上海灘》裏走出來的。這裡的像，除了皮像，內在也像。老師有著老派紳士的很多特點，遇事必是自己先，永遠女士優先，逢人必打招呼，禮貌的很。

　　除了老派紳士的一方面，還有另一方面——我原以為憤青是有年齡區間的，見了老師之後發現，這個年齡區間大概是心理年齡不是生理年齡。硬要說起來，老師只有在寫書的時候才能看出生理年齡，平時相處裏，與我正在叛逆期的表弟頗為相似，像個少年人一樣愛憎分明，喜歡和不喜歡都明明白白。而且不喜歡就逃避，裝作看不見這點大概是我還在讀幼兒園的姪女一個級別的幼稚了。

　　老師的書我只讀過兩本，我沒讀過什麼課外書，所以我讀不懂他老人家早年寫的《郁達夫傳》。坦白的說，這種掉書袋的文字我也不愛看。但他寫的《新世紀中國電影讀片報告》是我的本行，我還是能看明白的。有本事的作家會把深奧的東西用簡單的話語說明白，沒本事的作家會用複雜的文字遊戲掩飾自己空洞的思想。從這本書我覺得老師有了很大的進步，總算是明白寫書是為了給人看的，研究的目的不就是為了普及嗎？深奧也是寫，大白話也是寫，不如就寫大白話，識字就能明白意思，這樣書的好壞才能讓人知道。豆瓣上一部電影開分都還要 100 人才行，一本書寫的玄之又玄，能看懂的就不多，那書的好壞又有誰能說得清楚？

　　說回這本叫「黑草鞋」的書，總體來說，老師是個數據黨，而且還是個考據黨。但凡是關於影片的信息大體都是能在這篇影評裏找到的，數據詳實，出處清晰，能做到這個份上，買這本書，能省好幾個月的工夫。這本書裏很少談表面的東西，鏡頭、景別、蒙太奇這些談的都很少。一方面是因為中國電影發展這麼多年，觀眾們想要在 80 年前的電影裏找華點很難，拿這些電影鏡頭語言和如今的讀者找共鳴更難，反而可能會被恥笑，雖說在當時達到這樣的製作水平的確了不起，但的確是縱看比不上如今的電影，橫看也比不上當時的歐洲和好萊塢。

　　另一方面老師本身帶著一種文人的氣質，對影像本身比對技巧感興趣得多。因此這本書說的更多的是社會如何如何，人物如何如何，每一部電影都是一個微觀社會，從影片中透露出的政治、經濟、社會風俗、甚至道德基準，都是這本書更為關注的東西。好在中國對於科學的分類是二分法，不然這本給電影分類歸檔的書本身就很難分類了。

　　這本書裏的影片都來自那個動盪的年代，時代要求電影先是宣傳工具，之後是商品，最後才是藝術。因而這些影片都有著強烈的政治傾向，除了鼓舞人們抗戰之外也在為國民黨做宣傳，因此有了《孤島天堂》裏為了搭建違章建築的窮人與房東爭辯的尋街警察，《東亞之光》裏把拐杖送給日軍俘虜，還關切的跟著俘虜直到俘虜坐下才放心離去的國軍士兵。此外電影還是商品，投機倒把的風氣還沒有消散，暫且不提報紙上絲毫不弱今日的造勢宣傳，電影中的舞女、妓女等噱頭也是層出不窮。而撇開了這些膠片之外的東西，剩下的也就是這本書要說的了。直觀的說，老師的用詞依然帶有老派學者的習慣，不過好在不影響閱讀，也就無傷大雅。而老師的文章裏我最為敬佩的一

點就是其獨特的角度，以小見大這句話誰都會說，但能做到的卻很少，老師雖然又倔又軸，這在文章裏也看得出來並非我瞎說，但是早年文學出身積澱下來的思想和海量文字堆積出來的眼界的確是我希望能學習到的東西。

這篇序的說話方式這麼奇怪，是老師讓英語單詞只背到 abandon（放棄）的笨蛋去嘗試翻譯英文摘要的後遺症，此外在做摘要的時候還學會了 abstract（摘要）這個單詞也是意外收穫。最後謝謝老師願意拿新書的序給我練手，打下這行字的時候手有些僵硬，有幾分是因為天冷有幾分是因為興奮我也分不清，我想說的話已經說完了，那序言就到這裡結束了。

2020.03.09

（作者係中國傳媒大學戲劇影視學院電影學專業電影史論方向 2019 級碩士研究生）

本書體例申明

　　本書是我近二十年來，以個案研討方式順序梳理百多年來中國電影發展脈絡和歷程的又一結集。此前對現存的、公眾可以看到的中國電影文本的逐一研討，1949 年前的部分，最初結集為《黑白膠片的文化時態——1922～1936 年中國早期電影現存文本讀解》（上海三聯書店 2009 年版）、《黑夜到來之前的中國電影——1937 年現存國產影片文本讀解》（中國廣播電視出版社 2012 年版）兩書。

　　2013 年後，因有幸得到首都師範大學王家平教授的推薦，以上兩書的未刪節版（配圖）增補版，按形態不同分編成冊，陸續加入北京師範大學李怡教授主編的「民國文化與文學研究」叢書，由臺灣花木蘭文化出版社印行了海外繁體字版。計有：

　　《黑棉襖：民國文化中的舊市民電影——1922～1931 年現存中國電影文本讀解》（2014）、《黑馬甲：民國時代的左翼電影——1932～1937 年現存中國電影文本讀解》（2015）、《黑皮鞋：抗戰爆發前的新市民電影——1933～1937 年現存中國電影文本讀解》（2016）、《黑布鞋：1936～1937 年現存國防電影文本讀解》（2017）、《黑棉褲：抗戰全面爆發前的國粹電影——1934～1937 年現存文本讀解》（2021 年即出）。

　　1949 年後的部分，2014 年曾結集為《新世紀中國電影讀片報告》（中國傳媒大學出版社版）。去年版權過期後，我將增補了新章節以及恢復全部未刪節版（配圖）的面貌，以《黑旗袍：中國電影的文化邏輯與市場機制——2000 年以來的文本實證》為名，加入李怡教授主編的「人民共和國文化與文學」叢書，（此前的 2015 年，我的《黑乳罩：1949 年後外國電影在中國大陸的文化傳播和世俗影響》已經加入「叢書」的第二編），今年交由花木蘭文化出版有限公司印行。

按照我十幾年來的結集成書慣例，懇請讀者諸君注意如下格式：

甲、本結集中所有以個案形式讀解的影片，其版本與來源均為中國大陸市場上公開售賣的碟片或從正規網站上合法獲得的視頻。影片均按照其出品年月或公映時間排序。其時長標注，均以 VCD／DVD 版本或（網絡）視頻之實際時長為準，因此，可能會與相關資料譬如 IMDB（Internet Movie Data Base，互聯網電影數據庫）的標注有些許出入。

乙、不論現存文本是否殘缺，每章正文前面的**專業鏈接 1** 均根據包括文本在內的相關資料介紹主要信息，以利讀者審讀。**專業鏈接 2** 均照錄原片片頭片尾字幕及《演職員表》。**專業鏈接 3** 的影片鏡頭統計均由我的研究生代為完成，數據肯定會與編導的意圖和劃分、歸類和標準多有出入或不同，尚祈理解亦期待方家指示。考慮到包括研究者和影視專業學生在內的觀眾，未必都會對我深入讀解的每部影片有完整耐心、反覆研讀的興趣，故根據我歷年的研究心得和學生課堂觀摩反應，標注了**專業鏈接 4：經典臺詞選輯**與**專業鏈接 5：影片觀賞推薦指數**。與以往不同的是，此次結集，新增**專業鏈接 6：影片學術價值指數**。後四條條目的出發點和選擇標準，純屬個人體會、品味和判斷，僅供參考。

丙、結集中所有章節的主要部分，在收入前均在內地雜誌上公開發表（少部分即將刊出）。鑒於眾所周知的原因，這些文字都會因為非專業原因被不同程度地刪除或刪改。此次結集，除訂正已發現的錯訛文字或標點符號外，全部恢復我最初原始稿的本來面貌，並用黑體字表示是被刪除之部分。雜誌發表版的英文摘要附在每章文末，（當初沒有的，現今統一翻譯補入），以資檢索。

戊、迄今為止，我所有的電影學論文集成書時，我都會請聽過我的課的學生撰寫《序言》，為的是聽取不同意見並交讀者對比批判。

己、本結集的實證性討論，均建立在二十年來我對 1949 年前現存中國電影文本研讀、討論的前提和基礎之上，無論研究主旨、思考脈絡還是書寫體例、表達格式甚至藝術賞鑒趣味，都是一脈相承、相互呼應、自成體系的。因此，對我的讀解意見和觀點、結論，尚祈讀者諸君參照已出版的各著述專輯對比批判。

庚、本結集中所有文字，均以我歷年來在校內外本科生、研究生課堂教學及公開講座中使用的演講錄音／錄像原始稿為基礎，雖經多次補充、完善並最終修訂成文，但並沒有從根本上改變個人固有觀點和一己論證體系。由於研討時間、聽課對象以及演講場合的不同，在涉及每部電影相同的時代背

景和藝術發展脈絡時，不得不保留多有近似甚至是重複性的觀點、表述以及同樣的參考文獻。考慮到讀者讀取時的理解方便，對此基本上不做大的改動或刪削，依然保持各篇章（影片）相對獨立、自成體系的面貌，以盡可能復原現場觀摩後的感性氛圍和觀照角度。

辛、本結集中的一切文字表述，但有借鑒、參考或引用他人著述及數據、論點的情形，我都已嚴格依照學術研究之慣例通則，逐一鄭重注明了詳細出處，不敢掠美。本結集中所使用的所有包括影片截圖在內的圖片，無論其版權是否失效，亦均盡可能詳細地注明了來源出處。除非引用，本結集所有見解和觀點的表達，都一如既往地堅持使用第一人稱單數，以表明本人獨立完成研究的學術原創性立場，以及對論述中出現的所有個人見解和學術觀點持負責之嚴肅態度。

袁慶豐　庚子二月謹啟
北京東郊定福莊養心廊二分廊

圖片說明：《黑布鞋：1936～1937 年現存國防電影文本讀解》，「民國文化與文學研究」文叢七編，第二十一冊（序 8＋目 2＋228 面，ISBN 978-986-485-062-4），臺灣花木蘭文化事業有限公司 2017 年 9 月版封面封底照。全書字數：136730 字，插圖：282 幅。（圖片攝影：姜菲）

導論：從左翼電影、國防電影、抗戰電影到「紅色經典電影」——中國電影歷史流變脈絡之一

閱讀指要：

對「紅色經典電影」的研究，以往其起點大多指向 1949 年中華人民共和國成立後大量出現並形成模式的革命題材電影，並認為源頭是 1942 年的「延安文藝座談會講話」。實際上，「紅色經典電影」的起點和源頭，均為 1932 年出現的、以階級性、暴力性與宣傳性等特徵見長的左翼電影。1936 年興起的國防電影（運動），不過是左翼電影的升級換代版本。而 1937 年全面抗戰爆發後「國統區」的抗戰電影，是國防電影在戰時的延續形態，不僅全面繼承了戰前國防電影的思想特徵，而且其故事結構、模式和基本元素等藝術特徵，也都是左翼電影和國防電影行之有效且一脈相承的標準配置。因此，左翼電影不僅曾經影響和左右著 1930 年代中國電影的歷史走向，1949 年後，更以隔代遺傳的方式奠定和規範著中國大陸電影的文化生態和表現模式，也使其新形態——「紅色經典電影」，成為新中國意識形態藝術表達的主要載體和政治話語體系以及宣教功能的重要組成部分。

關鍵詞：左翼電影；階級性；暴力性；國防電影；抗戰電影；「紅色經典電影」；

甲、前面的話

所謂「紅色經典電影」，一般認為「『紅色經典』是指建國初期以革命故事為背景、反映革命英雄人物高尚情操的文學作品、劇目或影視作品。而在中國大陸的文藝話語體系中，普遍將紅色經典作品定義為 1942 年毛澤東發表《在延安文藝座談會上的講話》之後，產生的大量反映時代、對人民群眾有重要影響的一批小說、戲劇、電影等作品」[1]。包括「建國後、『文革』前出版或公映的，反映中國共產黨領導下的革命鬥爭和工農兵生活的重要文學藝術作品。這些作品的人物形象、美學風格、藝術手段、情節結構等等也都具有不斷重複的類型化特徵、約定俗成的期待視野和獨特的意識形態含義」[2]。也有研究者將「革命歷史題材電影，包括重大革命歷史題材的電影，也包括革命領袖、英雄前輩和當代先進模範人物的傳記」[3]等都囊括進來，均視為紅色經典電影範疇。

縱觀當下學術界對紅色經典電影的研究，學者們採取了多維度的研究視角。譬如，有對紅色經典電影中的人物塑造及敘事方式的研究，指出革命歷史題材影片「敘事的主導動機最終完成的是對銀幕上英雄的『命名』和對銀幕下觀眾的『召喚』」[4]，以此來完成意識形態的貫注；此外，還有對紅色經典電影的道德導向與教育作用的研究[5]、對紅色經典電影中的音樂與歌曲的研究[6]。

在微觀層面上，對單一的紅色經典電影文本及個別導演的研究也有涉及。譬如對影片《英雄兒女》（1964）[7]、《閃閃的紅星》（1974）[8]、《建黨偉業》（2011）[9]，以及對導演崔嵬的研究[10]。同時，還出現了對紅色經典電影的改編與傳播的研究，如對《小兵張嘎》（1963）等紅色經典電影的電視劇改編研究[11]，以及以徐克的《智取威虎山》（2014）為例分析當下紅色經典電影的類型化策略[12]。

在宏觀層面上，學術界更關注的是 1949 年之後，即從「十七年」時期開始的紅色經典電影，並一直延續到當下的紅色電影發展情況，對 1949 年以來的紅色經典電影發展進行概述性的論述。譬如有學者提到「在建國六十多年的時間裏，新中國革命歷史題材電影經歷了一個發展、起伏與變遷的過程」[13]。總體說來，在當下的時代背景，學術界對紅色經典電影的研究呈現出多樣化、多角度的討論趨勢。

但同時，研究者們在這個問題上普遍對 1949 年之前的中國電影關注力度不夠，視野也相對狹窄，即實際上，1949 年前後中國電影的文化邏輯關聯和歷史承接脈絡被忽視。譬如，對紅色經典電影的源頭，研究者們基本都只追溯到 1942 年毛澤東發表的《在延安文藝座談會上的講話》及其之後的一批文藝作品。然而在我看來，1949 年後的紅色經典電影，其源頭一定要追溯至 1932 年出現的左翼電影；對二者內在邏輯的梳理，有利於打通對中國電影史的整體認知和把握渠道，這樣，才能對 1949 年後乃及當下的紅色經典電影與文化生態有更加精準的認識和定位。

圖片說明：左為《野玫瑰》（1932）片頭截圖，右為《火山情血》（1932）片頭截圖。

乙、左翼電影──紅色經典電影的源頭

1932 年，左翼電影伴隨著中國社會的內憂外患應運而生，孫瑜編導、聯華影業公司出品的兩部影片成為左翼電影誕生的標誌：一是《野玫瑰》，富家子弟愛上貧窮的農家女，隨後在農家女的引導下加入抗日「義勇軍」〔註 1〕，二是《火山情血》，講的是美貌農家女被惡霸地主逼死，她的哥哥最終報仇雪

〔註 1〕《野玫瑰》（故事片，黑白，無聲），聯華影業公司 1932 年出品；VCD（雙碟），時長 80 分鐘；編劇、導演：孫瑜；攝影：張偉濤；主演：王人美、金焰、葉娟娟、章志直、嚴工上。我對這部影片的具體意見，祈參見拙作：《〈野玫瑰〉：從舊市民電影向左翼電影的過渡──現存中國早期左翼電影樣本讀解之一》（載《文學評論叢刊》第 11 卷第 1 期，2008 年 11 月，南京，季刊），其完全版和未刪節版（配圖），先後收入《黑白膠片的文化時態──1922～1936 年中國早期電影現存文本讀解》（上海三聯書店 2009 年 10 月第 1 版）和《黑馬甲：民國時代的左翼電影──1932～1937 年現存中國電影文本讀解》（上下冊，「民國文化與文學研究」文叢第五編第二十三、二十四冊，臺灣花木蘭文化出版社 2015 年版）兩書，敬請參閱。

恨的故事〔註2〕。同年，史東山編導的《奮鬥》，則是舊電影即舊市民電影向左翼電影強行轉型之作，兩個爭搶愛人的青年工人出獄後一同參加了義勇軍並走上戰場〔註3〕。

　　左翼電影的高潮之年是 1933 年[14]P183。現存的、公眾能看到的左翼影片，這一年的有五部：《惡鄰》用武俠打鬥的形式影射東北民眾的抗日義舉〔註4〕，《春蠶》表現「豐收成災」，重在體現、灌輸觀念上的思想暴力〔註5〕，

〔註2〕《火山情血》（故事片，黑白，無聲），聯華影業公司 1932 年出品；VCD（雙碟），時長 95 分 41 秒。編劇、導演：孫瑜；攝影：周克；主演：黎莉莉、鄭君里、談瑛、湯天繡、袁叢美。我對這部影片的具體意見，祈參見拙作：《中國早期左翼電影暴力基因的植入及其歷史傳遞──以 1932 年的〈火山情血〉為例》（載《河北師範大學學報》2009 年第 5 期）、《再談左翼電影的幾個特點及知識分子的審美特徵──二讀〈火山情血〉》（載《浙江傳媒學院學報》2015 年第 4 期）。前一篇文章的完全版和未刪節版（配圖），先後收入《黑白膠片的文化時態──1922～1936 年中國早期電影現存文本讀解》和《黑馬甲：民國時代的左翼電影──1932～1937 年現存中國電影文本讀解》，敬請參閱。

〔註3〕《奮鬥》（故事片，黑白，無聲，殘片），聯華影業公司 1932 年出品；中國電影資料館（北京）館藏影片，（殘片）時長：約 85 分鐘；編劇、導演：史東山；攝影：周克；主演：陳燕燕、鄭君里、袁叢美、劉繼群。我對這部影片的具體意見，祈參見拙作：《1930 年代初期中國舊市民電影向左翼電影的轉型過渡──以聯華影業公司 1932 年出品的〈奮鬥〉為例》（載《浙江傳媒學院學報》2015 年第 1 期），其未刪節版（配圖），收入《黑馬甲：民國時代的左翼電影──1932～1937 年現存中國電影文本讀解》，敬請參閱。

〔註4〕《惡鄰》（故事片，黑白，無聲），月明影片公司 1933 年出品；VCD（單碟），時長 41 分 15 秒；編劇、說明：李法西；導演：任彭年；攝影：任彭壽；主演：鄔麗珠、張雨亭、王如玉、王東俠、馬鳳樓。我對這部影片具體意見的完全版和未刪節版（配圖），先後收入《黑白膠片的文化時態──1922～1936 年中國早期電影現存文本讀解》和《黑馬甲：民國時代的左翼電影──1932～1937 年現存中國電影文本讀解》；對這部影片的最新意見，祈參見拙作：《由武俠片強行轉換而來的左翼電影──再讀 1933 年的〈惡鄰〉》（載《玉溪師範學院學報》2018 年 6 期）。

〔註5〕《春蠶》（故事片，黑白，配音），明星影片公司 1933 年出品；VCD（雙碟），時長 94 分鐘；原著：茅盾；編劇：蔡叔聲【夏衍】；導演：程步高；攝影：王士珍；主演：王人美、金焰、葉娟娟、章志直、嚴工上。我對這部影片的具體討論意見，祈參見拙作：《電影〈春蠶〉：左翼文學與國產電影市場的結晶》（載《徐州師範大學學報》2010 年第 4 期）、《左翼文學與國產電影的正面對接──以 1933 年的〈春蠶〉為例》（載《韓山師範學院學報》2019 年第 4 期）。前一篇文章的完全版和未刪節版（配圖），先後收入《黑白膠片的文化時態──1922～1936 年中國早期電影現存文本讀解》和《黑馬甲：民國時代的左翼電影──1932～1937 年現存中國電影文本讀解》，敬請參閱。

《母性之光》強調了由階級性衍生和延伸而來的血統論〔註 6〕，《天明》講的是即使淪為性工作者，出身底層的勞動者也依然能保持革命本性並甘願奉獻生命〔註 7〕，《小玩意》借一個出身小鎮、賣手工藝品的女小販之口，大力宣揚「實業救國」和抗日救亡理念〔註 8〕。

　　1934 年，左翼電影再接再厲。《神女》繼續為淪為最底層的性工作者發聲並表達知識分子的懺悔之意〔註 9〕，《體育皇后》表達的是唾棄「錦標」、睥睨

〔註 6〕《母性之光》（故事片，黑白，無聲），聯華影業公司 1933 年出品；VCD（雙碟），時長 93 分鐘；原作：田漢；編劇、導演：卜萬蒼；攝影：黃紹芬；主演：金焰、黎灼灼、陳燕燕、魯史、談瑛。我對這部影片的具體意見，祈參見拙作：《20 世紀 30 年代中國電影市場和商業製作模式制約下的左翼電影——以〈母性之光〉為例》（載《杭州師範大學學報》2008 年第 4 期）、《左翼電影的階級性及其倫理模式——〈母性之光〉（1933）再讀解》（載《汕頭大學學報》2019 年第 2 期），前一篇文章的完全版和未刪節版（配圖），先後收入《黑白膠片的文化時態——1922～1936 年中國早期電影現存文本讀解》和《黑馬甲：民國時代的左翼電影——1932～1937 年現存中國電影文本讀解》，後一篇被中國人民大學書報資料中心《複印報刊資料》2019 年第 8 期《影視藝術》全文轉載，敬請參閱。

〔註 7〕《天明》（故事片，黑白，無聲），聯華影業公司 1933 年出品；VCD（雙碟），時長 97 分 22 秒。編劇、導演：孫瑜；攝影：周克；主演：黎莉莉、高占非、葉娟娟、袁叢美、羅朋。我對這部影片的具體意見，祈參見拙作：《左翼電影的道德激情、暴力意識和階級意識的體現性與宣傳性——以聯華影業公司 1933 年出品的左翼電影〈天明〉為例》（載《杭州師範大學學報》2008 年第 2 期）、《〈天明〉：政治貞潔與肉身貞潔——左翼電影模式的基礎性延展》（載《汕頭大學學報》2018 年第 8 期），前一篇文章的完全版和未刪節版（配圖），先後收入《黑白膠片的文化時態——1922～1936 年中國早期電影現存文本讀解》和《黑馬甲：民國時代的左翼電影——1932～1937 年現存中國電影文本讀解》，敬請參閱。

〔註 8〕《小玩意》（故事片，黑白，無聲），聯華影業公司 1933 年出品；VCD（雙碟），時長 103 分鐘；編劇、導演：孫瑜；攝影：周克；主演：阮玲玉、黎莉莉、袁叢美、湯天繡、劉繼群。我對這部影片的具體意見，祈參見拙作：《民族主義立場的激進表達和藝術的超常發揮——對聯華影業公司 1933 年出品的〈小玩意〉的當下讀解》（載《汕頭大學學報》2008 年第 5 期）、《舊市民電影形態與左翼電影的新主題——再讀〈小玩意〉（1933）》（載《學術界》2018 年第 5 期）。前一篇文章的完全版和其未刪節（配圖）版，先後收入拙著《黑白膠片的文化時態——1922～1936 年中國早期電影現存文本讀解》和《黑馬甲：民國時代的左翼電影——1932～1937 年現存中國電影文本讀解》，後一篇被中國人民大學書報資料中心《複印報刊資料》2018 年第 8 期《影視藝術》全文轉載，敬請參閱。

〔註 9〕《神女》（故事片，黑白，無聲），聯華影業公司 1934 年出品。VCD（雙碟），時長 73 分 28 秒。編劇、導演：孫瑜；攝影：張偉濤；主演：阮玲玉、黎鏗、章志直、李君磐。我對這部影片的具體意見，祈參見拙作：《城市意識與左翼電影視角中的性工作者形象——1934 年無聲影片〈神女〉的當下讀解》（載《上

世俗的前衛理念〔註10〕，《大路》塑造了國難當頭之際，甘願為國捐軀的男女民工群像〔註11〕，《桃李劫》〔註12〕和《新女性》〔註13〕用驚心動魄的個案實例，控訴有錢階級的無恥、抨擊社會對知識分子高尚情懷的摧殘。

海文化》2008 年第 5 期），其完全版和未刪節版（配圖），先後收入《黑白膠片的文化時態——1922～1936 年中國早期電影現存文本讀解》和《黑馬甲：民國時代的左翼電影——1932～1937 年現存中國電影文本讀解》，敬請參閱。

〔註10〕 《體育皇后》（故事片，黑白，無聲），聯華影業公司 1934 年出品；VCD（雙碟），時長 86 分 24 秒；編劇、導演：孫瑜；攝影：裘逸葦；主演：黎莉莉、張翼、白璐、王默秋、高威廉。我對這部影片的具體意見，祈參見拙作：《對市民電影傳統模式的借用和新知識分子審美情趣的體現——從〈體育皇后〉讀解中國左翼電影在 1934 年的變化》（載《浙江傳媒學院學報》2008 年第 5 期）、《左翼電影的思想性及其反世俗性——二讀〈體育皇后〉（1934 年）》（載《信陽師範學院學報》2019 年第 5 期），前一篇文章的完全版和未刪節版（配圖），先後收入《黑白膠片的文化時態——1922～1936 年中國早期電影現存文本讀解》和《黑馬甲：民國時代的左翼電影——1932～1937 年現存中國電影文本讀解》，敬請參閱。

〔註11〕 《大路》（故事片，黑白，配音），聯華影業公司 1934 年出品；VCD（雙碟），時長 104 分鐘；編劇、導演：孫瑜；攝影：裘逸葦；主演：金焰、陳燕燕、黎莉莉、張翼、鄭君里。我對這部影片的具體意見，祈參見拙作：《左翼電影製作模式的硬化與知識分子視角的變更——從聯華影業公司出品的〈大路〉看 1934 年左翼電影的變化》（載《蘇州科技學院學報》2008 年第 2 期）、《左翼電影的模式及其時代性——二讀〈大路〉（1934）》（載《玉溪師範學院學報》2019 年第 4 期），前一篇文章的完全版和未刪節版（配圖），先後收入《黑白膠片的文化時態——1922～1936 年中國早期電影現存文本讀解》和《黑馬甲：民國時代的左翼電影——1932～1937 年現存中國電影文本讀解》，敬請參閱。

〔註12〕 《桃李劫》（故事片，黑白，有聲），電通影片公司 1934 年出品；VCD（雙碟），時長 102 分 46 秒；編劇：袁牧之；導演：應雲衛；攝影：吳蔚雲、李熊湘；主演：袁牧之、陳波兒、唐槐秋、周伯勳、黃志宏。我對這部影片的具體意見，祈參見拙作：《電影〈桃李劫〉散論——批判性、階級性、暴力性與藝術樸素性之共存》（載《寧波大學學報》2008 年第 2 期），其完全版和未刪節版（配圖），先後收入《黑白膠片的文化時態——1922～1936 年中國早期電影現存文本讀解》和《黑馬甲：民國時代的左翼電影——1932～1937 年現存中國電影文本讀解》，敬請參閱。

〔註13〕 《新女性》（故事片，黑白，配音），聯華影業公司 1934 年出品；VCD（雙碟），時長 105 分鐘；編劇、導演：蔡楚生；攝影：周達明；主演：阮玲玉、鄭君里、湯天繡、王乃東、顧夢鶴。我對這部影片的具體意見，祈參見拙作：《變化中的左翼電影：左翼理念與舊市民電影結構性元素的新舊組合——以聯華影業公司〈新女性〉為例》（載《中文自學指導》2008 年第 3 期），其完全版和未刪節版（配圖），先後收入《黑白膠片的文化時態——1922～1936 年中國早期電影現存文本讀解》和《黑馬甲：民國時代的左翼電影——1932～1937 年現存中國電影文本讀解》，敬請參閱。

圖片說明：左為《春蠶》（1933）片頭截圖，右為《天明》（1933）片頭截圖。

　　1935年，《風雲兒女》在將左翼電影推向有聲片時代巔峰的同時，又標明著左翼電影市場化的全面成熟〔註14〕。1936年5月，電影界提出「國防電影」的口號[14]P418，但本年度的《孤城烈女》（又名《泣殘紅》）仍然具備左翼電影的形態特質，大力肯定和歌頌被侮辱和被損害的底層女性的革命性。〔註15〕

　　在1937年「七七事變」爆發之前，左翼電影完全被國防電影取代；實際上，後者是前者的升級換代版。換言之，孫瑜在1932年編導的《野玫瑰》和《火山情血》，之所以是左翼電影誕生的開山之作，其根本原因在於這兩部影片基本確立和奠定了左翼電影的革命性特徵及其藝術表現範式，為隨後形成的左翼電影高潮提供了可供模仿、借鑒和發展、提升的思想與藝術模本資源。

〔註14〕《風雲兒女》（故事片，黑白，有聲），電通影片公司1935年出品；VCD（雙碟），時長89分10秒；【原作：田漢；分場劇本：夏衍】；導演：許幸之；攝影：吳印咸；主演：袁牧之、王人美、談瑛、顧夢鶴、陸露明。我對這部影片的具體討論意見，祈參見拙作：《左翼電影的藝術特徵、敘事策略的市場化轉軌及其與新市民電影的內在聯繫》（載《湖南大學學報》2008年第3期），其完全版和未刪節版（配圖），先後收入《黑白膠片的文化時態——1922～1936年中國早期電影現存文本讀解》和《黑馬甲：民國時代的左翼電影——1932～1937年現存中國電影文本讀解》，敬請參閱。

〔註15〕《孤城烈女》（原名《泣殘紅》，故事片，黑白，有聲），聯華影業公司1936年出品；VCD（雙碟），時長88分26秒；編劇：朱石麟；導演：王次龍；攝影：陳晨；主演：陳燕燕、鄭君里、尚冠武、韓蘭根、恒勵。我對這部影片的具體討論意見，祈參見拙作：《〈孤城烈女〉：左翼電影在1936年的餘波回轉和傳遞》（載《青海師範大學學報》2008年第6期），其完全版和未刪節版（配圖），先後收入《黑白膠片的文化時態——1922～1936年中國早期電影現存文本讀解》和《黑馬甲：民國時代的左翼電影——1932～1937年現存中國電影文本讀解》，敬請參閱。

圖片說明：左為《母性之光》（1933）片頭截圖，右為《小玩意》（1933）片頭截圖。

　　作為中國 1930 年代主要的新電影形態之一，左翼電影有如下幾個基本的特徵：

　　第一，階級性。左翼電影誕生於國內外民族矛盾和階級矛盾大潮湧動的 1930 年代初期，因此，左翼電影中人物的政治立場和個人品質基本上是由其所在階級決定的：一方面，是對社會底層群體和弱勢階層，尤其是底層中的底層、弱勢中的弱勢如性工作者，滿懷同情與歌頌，另一方面，是對強權勢力和強力階層及其壓迫的決絕抗爭和殊死反抗。

　　第二，暴力性。左翼電影對外反對日本侵略，呼籲抗日救亡，對內反對獨裁統治，宣揚革命意識與階級鬥爭。因此，左翼電影始終以暴力形式和暴力抗爭作為解決民族矛盾或階級矛盾即敵我矛盾的基本方式和主要手段。早期的、1932 年的左翼電影，其中的暴力，還是個體暴力與集體暴力並存，前者如《火山情血》，後者如《野玫瑰》。一年之後的 1933 年，集體暴力很快向階級暴力轉化，突出的例證就是 1935 年的《風雲兒女》。

　　第三、宣傳性。左翼電影傳達新理念、表現新人物、注重新的意識形態的傳播。左翼電影並不注重敘事模式的創新，其故事結構基本脫胎於舊電影即舊市民電影[15]，因此其「新」不在於講故事，而是將電影當作一種理念載體，視為用於宣傳的新話語體系。因此，對理念傳達的過分關注和對藝術特性的忽視也導致了左翼電影主題先行、人物形象立體性缺乏以及生活細節被忽視等問題的出現。

　　總體而言，階級意識、暴力抗爭與理念宣傳，是左翼電影的基礎性特徵與基本構成元素。作為 1930 年代新的主流電影形態之一，左翼電影既是歷史

客觀存在的市場化產物，也是當時中國社會和文化生態發展演變的必然結果；既是在藝術風格與敘事模式層面極大地影響著1949年之前中國電影的因素，也是1949年後紅色經典電影的思想資源、表現形態與創作模式的根源與基礎。

圖片說明：左為《惡鄰》（1933）片頭截圖，右為《體育皇后》（1934）片頭截圖。

丙、國防電影——左翼電影的升級換代版本

1935年的「華北事變」與「一二・九」運動以後，中國國內的民族危機進一步加深，民族主義情緒空前高漲。1936年1月，「上海電影界救國會」成立，「成立宣言」呼籲「攝製鼓吹民族解放的影片」，5月，正式提出「國防電影」的口號[14] P417～418。從1936年至1937年「七・七事變」爆發之前，是國防電影（運動）的高潮時期，其主旨皆以宣傳民族解放為要務。

就現存的、公眾可以看到的影片而言，1936年的國防電影有三部。費穆編導的《狼山喋血記》注重底層啟蒙視角和教育意義，用一個山村的村民們放棄膽怯和退讓、聯合起來武力打狼的故事，從世界現代史的高度，試圖灌輸現代意義的民族國家觀念——從其寓言式結構和對村民自身階級性有意弱化的特點可以看出，這是左翼電影強行向國防電影轉型的一個過渡性作品〔註16〕。

〔註16〕《狼山喋血記》（故事片，黑白，有聲），聯華影業公司1936年11月出品；VCD（雙碟），時長69分47秒；原著：瀋浮、費穆；編劇、導演：費穆；攝影：周達明；主演：黎莉莉、張翼、劉瓊、藍蘋、韓蘭根、尚冠武、洪警鈴。我對這部影片的具體討論意見，祈參見拙作：《國防電影與左翼電影的內在承接關係——以1936年聯華影業公司出品的〈狼山喋血記〉為例》（載《佛山科學技術學院學報》2008年第2期），其完全版和未刪節版（配圖），先後收入《黑白膠片的文化時態——1922～1936年中國早期電影現存文本讀解》和《黑布鞋：1936～1937年現存國防電影文本讀解》（「民國文化與文學研究」

圖片說明：左為《大路》（1934）片頭截圖，右為《新女性》（1934）片頭截圖。

　　相形之下，吳永剛編導的《壯志凌雲》，因為其低於左翼電影的接入端口，最大程度地剝離了左翼電影元素與左翼思想根源之間的產權關係，因此成功借用國防電影的殼資源轉型上市，因此其國防電影理念和特徵表現得更為流暢〔註17〕。但最震撼人心的，還是《浪淘沙》，作為國防電影的高端版本，吳永剛編導的這部影片，其高端地位空前絕後，其影射、承載的民族矛盾和國家立場至今無人超越。〔註18〕

文叢七編，第二十一冊，臺灣花木蘭文化事業有限公司 2017 年 9 月版），敬請參閱。

〔註17〕《壯志凌雲》（故事片，黑白，有聲），新華影業公司 1936 年出品；VCD（雙碟），時長 93 分 41 秒；編劇、導演：吳永剛；攝影：余省三、薛伯青；主演：金焰、王人美、宗由、田方、韓蘭根、章志直、王次龍、施超。我對這部影片的具體討論意見，祈參見拙作：《新電影的誕生是時代精神和市場需求的產物——以 1937 年新華影業公司出品的〈青年進行曲〉為例》（載《北京電影學院學報》2011 年第 3 期）、《左翼電影、國防電影與新中國電影的血統淵源——以 1937 年新華影業公司出品的〈青年進行曲〉為例》（載《杭州師範大學學報》2011 年第 4 期），兩篇文章的（合成）完全版和未刪節版（配圖），先後收入《黑白膠片的文化時態——1922～1936 年中國早期電影現存文本讀解》和《黑布鞋：1936～1937 年現存國防電影文本讀解》，敬請參閱。

〔註18〕《浪淘沙》（故事片，黑白，有聲），聯華影業公司 1936 年 2 月出品；VCD（單碟），時長 68 分 32 秒；編劇、導演：吳永剛；攝影：洪偉烈；主演：金焰、章志直。我對這部影片的具體討論意見，祈參見拙作：《新浪潮——1930 年代中國電影的歷史性閃存——〈浪淘沙〉：電影現代性的高端版本和反主旋律的批判立場》（載《南京藝術學院學報－音樂與表演》2009 年第 1 期），其完全版和未刪節修訂版（配圖），先後收入《黑白膠片的文化時態——1922～1936 年中國早期電影現存文本讀解》和《黑布鞋：1936～1937 年現存國防電影文本讀解》，敬請參閱。

　　1937 年現存的、公眾可以看到的國防電影，也是只有三部。只不過，《聯華交響曲》是一個由八個短片結構成的「集錦片」，包括三個左翼電影，五個國防電影，由此又一次證明了兩者間的邏輯勾連與源流淵源〔註 19〕。

　　《青年進行曲》雖然整體上受制於左翼電影思想遺傳基因的制約，譬如由革命同志指定夥伴的戀愛對象必須是無產階級女工——但是對「血統論」的剝離和反正值得稱道；此外，其觀賞性也值得一提，這是因為，其製作方同是前一年出品《壯志凌雲》的新華影業公司〔註 20〕。相形之下，孫瑜編導的《春到人間》是最為正宗的國防電影——由左翼電影而來的階級性色彩雖然被強力掩抑，但還能看出其濃重的階級性即唯成分論的先行線索設計痕跡〔註 21〕。

〔註 19〕　《聯華交響曲》（短片集，黑白，有聲），聯華影業公司 1937 年出品；VCD（雙碟），時長 102 分 45 秒；編劇、導演：司徒慧敏、蔡楚生、費穆、譚友六、瀋浮、賀孟斧、朱石麟、孫瑜；主演：藍蘋、梅熹、陳燕燕、黎灼灼、洪警鈴、鄭君里、劉瓊、韓蘭根、劉繼群、殷秀岑、宗由、羅朋、黎莉莉、恒勵、尚冠武、梅琳、王次龍、葛佐治。我對這部影片的具體討論意見，祈參見拙作：《〈聯華交響曲〉：左翼電影餘緒與國防電影的雙重疊加——1937 年全面抗戰爆發之前中國國產電影文本讀解之一》（載《浙江傳媒學院學報》2010 年第 2 期），其完全版和未刪節版（配圖），先後收入《黑夜到來之前的中國電影——1937 年現存國產影片文本讀解》（中國廣播電視出版社 2012 年 1 月第 1 版）和《黑布鞋：1936～1937 年現存國防電影文本讀解》，敬請參閱。

〔註 20〕　《青年進行曲》（故事片，黑白，有聲），新華影業公司 1937 年出品；VCD（雙碟），時長 105 分 45 秒；編劇：田漢；導演：史東山；攝影：薛伯青；主演：施超、胡萍、許曼麗、顧而已、童月娟。我對這部影片的具體討論意見，祈參見拙作：《新電影的誕生是時代精神和市場需求的產物——以 1937 年新華影業公司出品的〈青年進行曲〉為例》（載《北京電影學院學報》2011 年第 3 期）、《左翼電影、國防電影與新中國電影的血緣淵源——以 1937 年新華影業公司出品的〈青年進行曲〉為例》（載《杭州師範大學學報》2011 年第 4 期），兩篇文章的（合成）完全版和未刪節版（配圖），先後收入《黑夜到來之前的中國電影——1937 年現存國產影片文本讀解》和《黑布鞋：1936～1937 年現存國防電影文本讀解》，敬請參閱。

〔註 21〕　《春到人間》（故事片，黑白，有聲），（「聯華」）華安影業股份有限公司 1937 年出品；DVD（單碟），時長 90 分 27 秒；編劇、導演：孫瑜；攝影：黃紹芬；主演：陳燕燕、梅熹、尚冠武、劉繼群、韓蘭根、洪警鈴。我對這部影片的具體討論意見，祈參見拙作：《〈春到人間〉：從左翼電影向國防電影的強行轉化——辨析孫瑜在 1937 年為中國電影所做的歷史貢獻》（載《當代電影》2012 年第 2 期），其完全版和未刪節版（配圖），先後收入《黑夜到來之前的中國電影——1937 年現存國產影片文本讀解》和《黑布鞋：1936～1937 年現存國防電影文本讀解》，敬請參閱。

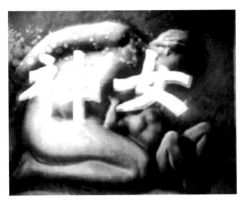

圖片說明：左為《神女》（1934）片頭截圖，右為《桃李劫》（1934）片頭截圖。

　　全面抗戰爆發前的國防電影，實際上是由1930年代初期興起的左翼電影轉化而來。1936年國防電影運動的興起，意味著左翼電影時代的終結；換言之，左翼電影已經被國防電影全面整合、吸收、提升。因此，新興的國防電影運動在整體上，可以被看作是左翼電影在1936年的轉型，即升級換代產品。現存的、公眾可以看到的文本也證明了這一論點：

　　第一，國防電影將左翼電影強調、凸顯的階級矛盾和階級鬥爭，提升、轉化為民族矛盾和生死存亡的民族對決，即將左翼電影的階級性轉化為民族性；同時，弱化階級矛盾及其表現形式，突出民族矛盾，彰顯現代國家意識。由此，國防電影在整合左翼電影的基礎之上，站在國家與民族存亡與否的高度，將抗日戰爭的正義性置於世界反法西斯戰爭的陣營當中。

　　第二，從1932年至1935年間，左翼電影完成了從個體暴力抗爭向群體、階層和階級暴力抗爭的轉變，並在其社會批判的角度上將暴力抗爭的必然性和合理性、合法性逐步深入和泛化。但國防電影將左翼電影中貧富對立的階級鬥爭模式，轉換上升為侵略與反侵略的民族解放戰爭模式。因此，國防電影對民族主義立場和民族解放精神的宣揚，決定了它既是左翼電影暴力意識和暴力革命最直接的受益者，也是繼承者。

　　第三，國防電影繼承了左翼電影抗敵救國、民族救亡的宣傳理念，延續了左翼電影中的民族覺醒意識、社會批判精神與暴力抗爭訴求。國防電影（運動）前後雖然只存在一年半左右的時間（1936年1月至1937年7月），但和左翼電影一樣，啟蒙了廣大民眾尤其是底層民眾的民族、國家觀念，確立了現代化的國家觀照視角。

因此，國防電影與左翼電影之間，不僅存在著直接、明顯的邏輯承接關聯，還是同樣作為新電影的本體性、歷史性和文化性的延續體現。換言之，是左翼電影的歷史性轉型，成就了其體現時代精神的國防電影。所以說，國防電影是左翼電影的升級換代版本。

圖片說明：左為《風雲兒女》（1935）片頭截圖，右為《孤城烈女》（1936）片頭截圖。

丁、抗戰電影──國防電影在戰時的延續

從 1937 年 7 月抗戰全面爆發到 1945 年 8 月日本投降，中國軍民「人不分老幼，地不分南北」，以血肉之軀頑強抵抗著在軍事、工業等各方面遠勝於自身的日本帝國主義的瘋狂侵略，死亡至少一千五百萬至兩千萬人，「財產損失難以數計」[16]。超過幾十萬人的大型戰役不僅在時間上貫穿始終，而且在空間上標識著大好山河的玉碎場景：

「淞滬會戰」（1937.8.13～11.11）、「太原會戰」（1937.9～11）、「南京會戰」（1937.12.1～13）、「徐州會戰」（1938.1～5）、「武漢會戰」（1938.6.11～10.27）、「長沙會戰」（1939.9～10、1941.9.17～10.9、1941.12.24～1942.1.15、1944.5～8）、「桂南會戰」（1939.11～1940.1）、「豫南會戰」（1941.1～3）、「晉南會戰」（1941.5）、「浙贛會戰」（1942.5～9）、「鄂西會戰」（1943.夏）、「常德會戰」（1943.11～12）、「豫中會戰」（1944.4.17～6.19）、「長衡會戰」（1944.5～8）、「桂柳會戰」（1944.9～12）、「湘西會戰」（1945.4.9～6.7）。[17]

圖片說明：左為《聯華交響曲》（1937）片頭截圖之一，右為《奮鬥》（1932）雜誌廣告。

　　這意味著，八年抗戰期間，中國電影與中國社會一起，進入地緣政治的格局與規劃當中：除了外蒙古獨立和東北早已淪陷外，華北淪陷、華東淪陷、華中淪陷、華南淪陷……大半個中國淪陷。其中，在 1941 年 12 月 7 日太平洋戰爭爆發前，日軍一直沒有進入上海的外國租界，這一時期在租界拍攝和上映的中國影片，史稱「孤島電影」；包括西北的「解放區」和太平洋戰爭爆發前的香港在內，民國政府依然能夠行使主權的「國統區」，在內地基本被壓縮於以陪都重慶為中心的西南一隅。

　　因此，包括「孤島電影」在內的淪陷區，雖然有大約 20 家電影公司，拍攝了 257 部影片[18] P429~461。但稍加檢索就會發現，這裡面不會有、也不會被允許有直接表現中國軍民正面抗擊日本侵略的國防電影或抗戰電影；（1942～1945 年的上海更是如此，雖然這全面淪陷的時期曾出品了 100 多部影片[18]P117~118），只有復活的舊電影形態即舊市民電影，以及當年在左翼電影之後出現的新電影即新市民電影和國粹電影，能夠存在並得到高度繁榮發展。〔註 22〕

〔註 22〕我對舊市民電影、新市民電影以及國粹電影的界定與實證文本討論，祈參見拙著：《黑白膠片的文化時態——1922～1936 年中國早期電影現存文本讀解》、《黑夜到來之前的中國電影——1937 年現存國產影片文本讀解》、《黑棉襖：民國文化中的舊市民電影——1922～1931 年現存中國電影文本讀解》（「民國文化與文學研究」文叢第三編第十一、十二冊，臺灣花木蘭文化出版社 2014 年版）、《黑皮鞋：抗戰爆發前的新市民電影——1933～1937 年現存中國電影文本讀解》（「民國文化與文學研究」文叢六編，第八、九冊，臺灣花木蘭文化出版社 2016 年版）的相關章節，以及即將由臺灣花木蘭文化事業有限公司出版的「黑棉褲：抗戰全面爆發前的國粹電影——1934～1937 年現存文本讀解」一書。

圖片說明：左為《浪淘沙》（1936）片頭截圖，右為《狼山喋血記》（1936）片頭截圖。

　　香港在 1941 年 12 月 7 日太平洋戰爭爆發並淪陷之前，共有 25 家電影公司，拍攝了 100 部左右的粵語片，大部分是「恐怖、武俠、神怪、色情」的舊電影[18] P87～88，在我看來，都屬於舊電影即舊市民電影形態；有大約三分之一即 30 部左右的影片，直接或間接地反映中國軍民上下一體奮勇抗擊日本侵略軍的影片[18] P423～428。

　　1937 年～1945 年，八年全面抗戰期間，「國統區」的電影生產全部由官方電影公司主導完成，即武漢時期和重慶時期的中國電影製片廠（「中製」）、重慶時期的中央電影攝影場（「中電」），以及成都的西北影業公司，統共只出品了 19 部故事片，其主題題材全部與抗戰直接相關[18] P419～423，即全部是抗戰電影。

圖片說明：左為《壯志凌雲》（1936）片頭截圖，右為《聯華交響曲》（1937）片頭截圖之二。

　　現存的、公眾可以看到的抗戰電影只有 6 部。其中，香港出品的有 3 部：《游擊進行曲》（啟明影業公司，1938）、《萬眾一心》（新世紀影片公司，1939）、《孤島天堂》（大地影業公司，1939）；內地的 3 部，且均由重慶時

期的中國電影製片廠攝製：《塞上風雲》（1940）、《東亞之光》（1940）、《日本間諜》（1943）。〔註23〕

這些影片文本顯示並證明，內地「國統區」的電影只有一種形態，即屬於「抗戰文藝」中的抗戰電影。由於 1936 年興起的國防電影（運動），只持續了一年半左右的時間即爆發「七・七事變」，因此，1937 年 7 月抗戰全面爆發以後的國統區（包括淪陷前的香港）的抗戰電影，實質上就是戰前國防電影形態的延續和戰時體現。

抗戰電影最主要的特徵，就是彰顯中華民族反侵略戰爭的倫理正義。其前身——戰前的國防電影，以及國防電影的源頭左翼電影，都是主題先行，意識形態至上，理念宣傳至上，抗日救國至上，即國家和民族的倫理正義至高無上。就此而言，抗戰電影對左翼電影-國防電影，既有所繼承，也有所發揚。抗戰電影不僅全面繼承和發揚了戰前國防電影的思想特徵，從藝術性上看，譬如故事結構、主體模式和基本元素等，基本也都是左翼電影和國防電影行之有效且一脈相承的標準配置。

圖片說明：左為《青年進行曲》（1937）片頭截圖，右為《春到人間》（1937）片頭截圖。

戊、紅色基因的隔代遺傳——1949 年後的「紅色經典電影」

抗戰結束後，直接為抗戰服務的抗戰電影勝利完成歷史使命，抗戰題材基本成為1946～1949 年中國電影的背景性敘事場景，譬如高票房電影《天字第一號》（「中電」三廠，1946）、《一江春水向東流》（崑崙影業，1947）等。

〔註23〕我對這 6 部影片的具體討論意見，祈參見本書第壹章～第陸章。

　　而隨著國家與社會形勢的急劇變遷，舊市民電影，譬如文華影業公司出品的《不了情》（1947）、《太太萬歲》（1947）和《哀樂中年》（1949），新市民電影譬如《天字第一號》和《一江春水向東流》，國粹電影譬如《小城之春》（「文華」，1948）等，都再次獲得更大更多的生存和發展空間，整體上得以慣性精進，留下寶貴而切實的歷史足跡。〔註24〕

　　另一方面，隨著1949年中華人民共和國成立和新政權的逐步穩定，紅色經典電影成為國家意識形態傳播的重要載體。大體量地、有取捨地揚棄、借鑒、繼承了自左翼電影、國防電影和抗戰電影演變而來的基本形態特徵，繼而形成以政治話語體系為主導的電影藝術表達範式，並在1966～1976年發展到頂峰。紅色經典電影的主要特徵大略如下：

圖片說明：左、右分別為電影《白毛女》（1950）和《紅色娘子軍》（1960）片頭截圖。

　　第一，反強權的革命立場。

　　左翼電影中，反動的、強勢的一方，除了為富不仁、欺壓貧苦民眾的資產階級、地主階級以及反動軍閥，就是作為侵略者的日本帝國主義。1949年以後的紅色經典電影，又在此基礎上指向當時處於意識形態對立下的幾乎所有西方資本主義國家，以及敗走臺灣的民國政府；1970年代以後，又增加了1960年代初期中、蘇關係惡化之後的蘇聯。在時空不同於現代社會的古裝片中，反動的、強勢的一方，是帝制皇權和壓迫、剝削民眾的地主階級以及附著於二者的知識分子階層。以上種種，皆可以在左翼電影中找到源頭或根源。

〔註24〕我對這幾部影片的具體討論意見均未公開發表，敬請關注為盼。

圖片說明：左、右分別為京劇《紅燈記》（1970）和舞劇《紅色娘子軍》（1970）片頭截圖。

第二，對階級性的強調、繼承、發揚。

在 1930 年代的左翼電影中，社會的弱勢群體譬如工農階級是被同情和歌頌的對象。1949 年後，紅色經典電影將這一被肯定和讚揚的階層置換為「工農兵」的稱謂；「文藝服從於政治」[19] P867 即為政治服務、主要是「為工農兵服務」[19] P855~856。這個「二為」的最高指示，其生成發布時間恰恰是在抗戰期間，具體地說是 1942 年，因此，這成為包括電影在內所有新中國文藝創作的最高指導方針和唯一訴求。

左翼電影中的階級性，即強權勢力階層與貧苦弱勢階層在政治立場與道德品質層面的對立，被紅色經典電影全面繼承並大力發揚。富有階級即地主階級、資產階級，政治上反動、賣國、投靠侵略者，經濟上剝削民眾，道德上敗壞、欺男霸女——1950 年東北電影製片廠出品的《白毛女》就是一個最好的例證和代表，影片中的種種特質，都能從 1930 年代的左翼電影中找到直接的對應要素。[20]

圖片說明：左、右分別為京劇《奇襲白虎團》（1972）和《智取威虎山》（1970）片頭截圖。

第三，暴力鬥爭模式的全面覆蓋。

1949 年後，幾乎所有的紅色經典電影都將 1930 年代左翼電影中的暴力鬥爭模式、國防電影與抗戰電影中抵抗侵略者的戰爭模式予以全面繼承發揚，成為主要的故事架構和不可或缺的敘事元素，「革命歷史題材」尤其是戰爭題材成為電影生產的重中之重，花開百朵，層林盡染。譬如 1966～1976 年的第一批八個「樣板戲」（電影），除了工業題材的《海港》，其餘的《紅燈記》、《紅色娘子軍》、《奇襲白虎團》、《智取威虎山》、《白毛女》，京劇和交響音樂《沙家浜》，無一不是暴力模式全面覆蓋、貫穿始終。

圖片說明：左、右分別為京劇《海港》（1972）和芭蕾舞劇《白毛女》（1972）片頭截圖。

第四、對知識階層的否定與批判，以及對底層女性性侵犯及其反抗模式的繼承與改造。

前者的例證是 1961 年長春電影製片廠攝製的《劉三姐》，後者的例證除了《白毛女》，還有《紅色娘子軍》（上海天馬電影製片廠 1960 年攝製）。事實上，對性剝削和性壓迫的反映，是左翼電影的一個傳統的關鍵元素。但在「紅色經典電影」當中，反面人物對正面女主人公的性侵表達，幾乎都被最大程度地削減甚至抹去痕跡，更多的是突出和強調其由階級性決定的、絕不妥協的鬥爭性和誓死不從的反抗性。這是因為，肉身貞潔其實是政治純潔性的必要條件；二者間的邏輯關聯，甚至還投射到男性正面主人公身上——《紅色娘子軍》就是一個最好的例證。[21]

圖片說明：左、右分別為京劇《沙家浜》（1971）和交響音樂《沙家浜》（1972）片頭截圖。

己、結語

　　只要站位於中國電影發展史的高度，只要順序梳理從 1949 年直到 1980 年代的電影創作，從任何一個角度都會發現，從「十七年」、「文革」到「新時期」，幾乎所有的電影無一不證明著左翼電影—國防電影—抗戰電影與「紅色經典電影」之間的歷史性的、結構性的邏輯關聯。譬如，以階級性來定位人物品德乃至外在形象的創作範式，使得人物形象塑造符號化和臉譜化，這個根源其實源自左翼電影主題先行的理念和通病，形成的是基因隔代遺傳。二者間的這種遺傳和繼承，這種邏輯關聯，既有內在的，譬如思想資源、思維模式、文化內涵，也有外在的，譬如藝術風格、視聽語言模式，更有人事的。

　　1949 年新中國成立之後，在 1930 年代左翼電影風起雲湧時期的核心創作者與運動的領導者們，基本上成為了新中國電影行業的奠基者與電影部門的領導者。

　　譬如，袁牧之 1946 年就已升任東北電影製片廠廠長，並主導拍攝出共和國的第一部電影《橋》，建國後出任中央電影局局長[22]；「田漢在去世之前先後擔任文化部戲曲改進局局長、藝術事業管理局局長、中國戲劇家協會主席等職務，主導著新中國的戲劇工作[23]；「夏衍則以文化部副部長的身份主管電影」[24]；「洪深在 1949 年後任中國文聯主席團委員、中國戲劇家協會副主席、中華人民共和國對外文化聯絡局局長、文化部對外文化聯絡事務局副局長等職」[25]；「歐陽予倩雖然在 1955 年才加入中國共產黨，但建國後歷任中央戲劇

學院院長、中國文聯第一屆常委和第二、三屆副主席、中國戲劇家協會第一、二屆副主席等職務」[26]；「陽翰笙歷任政務院總理辦公廳副主任、文教委員會委員兼副秘書長、中國文聯黨組書記、副主席兼秘書長[27]。

　　1949 年以後，中國大陸與中國香港、臺灣地區形成了兩岸三地不同的社會制度和意識形態體系，這種差異將中國電影的形態與面貌一分為三。由於意識形態延續以及政治制度的選擇，在中國大陸誕生的紅色經典電影，有選擇性地繼承、發揚了左翼電影的內部資源和外部特徵，並將這種特徵一直延續至 1980 年代改革開放之後。因此，1930 年代的左翼電影對 1949 年後中國大陸電影的直接的歷史性影響及其對當下的現實意義與價值均有待重估[28]。其內在的階級性、暴力性與宣傳性，與 1949 年後大陸紅色經典電影意識形態話語建構之間的內在邏輯關聯，值得更進一步的關注與研究，展開更多的文本論證。〔註 25〕

初稿時間：2019 年 6 月 23 日～10 月 18 日
初稿錄入：劉麗莎、王若璇
二稿配圖：2020 年 1 月 1 日～1 月 23 日

參考文獻：

〔1〕饒曙光.創造新的紅色經典：意義與途徑〔J〕.當代電影，2011（07）：4.

〔2〕陳旭光.「經典大眾化」：在尊重與變異、重構與消費之間——「紅色經典」在當下文化語境的「再敘說」芻議〔J〕.當代電影，2011（07）：8.

〔3〕毛羽，何振虎，丁蔭楠，張思濤，王興東，劉潤為，沈衛星，黃式憲.永不落幕的紅色電影——關於紅色電影的討論〔N〕.河北日報，2011-07-01（011）.

〔註 25〕本章收入本書前，曾以《紅色經典電影的歷史流變——從左翼電影、國防電影和抗戰電影說起》為題（無配圖，約 10000 字），先行發表於《學術界》2020 年第 1 期（責任編輯：李本紅）。現今正文和參考文獻中的黑體字部分均為此次輯入時增補；另外，己、結語之第二、三自然段，移自拙著《黑夜到來之前的中國電影——1937 年現存國產影片文本讀解》（中國廣播電視出版社 2012 年版）之第捌章：《《青年進行曲》：為何說左翼電影與新中國電影存在著血統淵源——兼及新市民電影精神對國防電影的外在輻射》。特此申明。

〔4〕賈磊磊.「紅色戀情」——中國電影的經典敘事方式（一）〔J〕.電影創
作，2002（01）：56.

〔5〕徐竟芳.紅色電影及其教育功能研究〔D〕.湖南師範大學，2012.

〔6〕陳剛，芮豔.難忘的畫面，永恆的旋律——談紅色經典電影歌曲的發展
軌跡〔J〕.電影評介，2008（06）：8+32.

〔7〕田英.重溫紅色經典電影《英雄兒女》的愛國情懷〔J〕.電影文學，2012
（23）：86-87.

〔8〕崔穎.陰霾下的星光：紅色經典電影《閃閃的紅星》創作歷程〔J〕.電
影評介，2014（Z1）：5-7.

〔9〕朱蘭，但家榮.紅色經典電影《建黨偉業》中的愛國情懷〔J〕.電影文
學，2016（01）：98-100.

〔10〕尹麟.從崔嵬管窺紅色電影的現代傳播〔D〕.山東大學，2017.

〔11〕余燕芝.《小兵張嘎》：一個「紅色經典」的改編與傳播〔D〕.暨南大
學，2010.

〔12〕尹葰嫣.紅色經典的類型化再造——徐克版《智取威虎山》改編芻議
〔J〕.四川戲劇，2018（03）：86～88.

〔13〕趙俊卿，李剛.論新中國「紅色經典」電影的發展與變遷〔J〕.電影文
學，2012（02）：8.

〔14〕程季華.中國電影發展史：第1卷〔M〕.北京：中國電影出版社，1963.

〔15〕袁慶豐.舊市民電影的總體特徵——1922～1931 年中國早期電影概論
〔J〕.浙江傳媒學院學報，2013（3）：70～74.

〔16〕【美】費正清，費維愷.編，劉敬坤，葉宗敫，曾景忠，李寶鴻，周祖
義，丁於廉，譯.謝亮生.校：劍橋中華民國史：下〔M〕.北京：中國
社會科學出版社，1993：623.

〔17〕百度百科：《抗日戰爭中正面戰場的 22 次大型會戰》〔EB/OL〕，
http://m.wx24.cn/Wap/bm_3w_show.asp?ID=16935〔登陸時間：2020-
1-6〕

〔18〕程季華.中國電影發展史：第2卷〔M〕.北京：中國電影出版社，1963.

〔19〕毛澤東：在延安文藝座談會上的講話//毛澤東選集：第三卷〔M〕.北
京：人民出版社，1991.

〔20〕袁慶豐.政治和藝術示範的標本——超級女聲《白毛女》〔J〕.渤海大學
學報，2007（6）：49～57//中國人民大學《複印報刊資料·影視藝術》，
2008（5）：19～27.

〔21〕袁慶豐.愛你沒商量：《紅色娘子軍》——紅色風暴中的愛情傳奇和傳
統禁忌〔J〕.渤海大學學報，2007（6）：58～64.

〔22〕百度百科〉袁牧之〔EB/OL〕：https://baike.baidu.com/item/%E8%A2%81%E7%89%A7%E4%B9%8B/2796946?fr=aladdin〔登錄時間：2020-1-8〕

〔23〕百度百科〉百科名片〉田漢〔EB/OL〕：http://baike.baidu.com/view/28997.htm〔登錄時間：2011-2-6〕

〔24〕百度百科〉百科知道〉夏衍〔EB/OL〕：https://zhidao.baidu.com/question/715366339855325525.html〔登錄時間：2011-2-6〕

〔25〕百度百科〉百科知道〉洪深〔EB/OL〕：http://baike.baidu.com/view/140088.htm〔登錄時間：2011-2-6〕

〔26〕百度百科〉百科名片〉歐陽予倩〔EB/OL〕：http://baike.baidu.com/view/70961.htm〔登錄時間：2011-2-6〕

〔27〕百度百科〉陽翰笙〔EB/OL〕：http://baike.baidu.com/view/274502.htm〔登錄時間：2011-2-6〕。

〔28〕袁慶豐：1930 年代中國左翼電影的歷史面貌及其當下意義〔J〕.學術界，2015（6）：209～217.

From Left-wing Films, National Defense Films, Anti-Japanese War Films to "Classic Red Films" ——One of the Historical Changes of Chinese Films

Reading Guide: In the past, most of the research on "classic red films" involved the revolutionary theme films which appeared in large numbers and formed a pattern after the founding of the People's Republic of China in 1949. The source of the films was "speech at Yan'an Literature and Art Symposium" in 1942. In fact， the starting point and source of "classic red films" are all left-wing films that appeared in 1932 and characterized by class, violence and publicity. The national defense film movement that emerged in 1936 is only the upgraded version of the left-wing film. After the outbreak of the all-round Anti Japanese war in 1937, the Anti Japanese war films in the "Kuomintang area" are the continuation of the national defense films in the time of war. They not only fully inherit the ideological characteristics of the national defense films before the war, but also their story structure, mode, basic elements and other artistic characteristics are consistent with the left-wing films and the national defense films. Therefore, the left-wing films not only influenced and controlled the historical trend of Chinese films in the 1930s, but also established and standardized the cultural ecology and performance mode of Chinese films after 1949 in the way of intergenerational inheritance, and also made its new form - " classic red films", which become the main carrier of new China's ideological and artistic expression, and the important components of political discourse system and propaganda.

Keywords: left-wing film; class; violence; national defense film; anti-Japanese war film; classic red film;

《黑馬甲：民國時代的左翼電影——1932～1937 年現存中國電影文本讀解》，「民國文化與文學研究」文叢第五編，第二十三冊（序 4+目 2+172 面，ISBN 978-986-404-265-4）、第二十四冊（目 2+176 面，ISBN 978-986-404-266-1），臺灣花木蘭文化出版社 2015 年 9 月版封面封底照。全書字數（版權頁）：201796，插圖：574 幅。（圖片攝影：姜菲）

第零壹章 《游擊進行曲》(《正氣歌》, 1938～1941)——抗戰初期抗戰電影的形態特徵體現

圖片說明：中國大陸市場銷售的《游擊進行曲》VCD 碟片（「俏佳人系列」）包裝之封面、封底。

閱讀指要：

　　資料顯示，從 1937 年 7 月抗戰全面爆發到 1938 年年底，國統區和香港電影界一共拍攝上映了 17 部直接反映中國軍民奮起抵抗日本侵略的抗戰電影，但至今只有一部《游擊進行曲》可以得見。由於戰前的國防電影是從 1930 年代初興起的左翼電影轉化而來，因此，一方面，國防電影和抗戰爆發後的戰時形態即抗戰電影，二者具備相同的主題思想，另一方面，由於與表現對象距離太近，抗戰初期的抗戰電影在顯現紀實性和模式化傳統品質的同時，又具有相當程度的歷史真實性和原始面貌的樸素性特徵。1941 年刪剪修改後上映的香港影片《游擊進行曲》，就是這樣一個有鑑定意義和分析價值的樣本。

關鍵詞：《游擊進行曲》；左翼電影；國防電影；抗戰題材；抗戰文藝；抗戰電影；

專業鏈接 1：《游擊進行曲》（故事片，黑白，有聲，國語），香港啟明影業公
司 1938 年出品，1941 年 6 月刪剪修改並更名為《正氣歌》後公
映。VCD（雙碟），時長 80 分 3 秒。

>>> **編劇**：蔡楚生、司徒慧敏；**導演**：司徒慧敏；**攝影**：白英才。

>>> **主演**：李清（飾王志強）、金玲（飾張若蘭）、林楚楚（飾王
母）、蔣君超（飾卡多）、白璐（飾約瑟特夫人）、黃
翔（飾隊長）。

專業鏈接 2：原片片頭字幕及演職員表字幕

新潮／啟明影業公司出品

游擊進行曲

監製

袁耀鴻

劇務

魏鵬飛

攝影

白英才

置景

余　銳

錄音

黃永亨

朱紫貴

洗印

鄺　湖

照明

孫　倫

特殊效果

羅　坤

場記

朱福勝

聯合編劇

蔡楚生

司徒慧敏

主演

李　清

金　玲

客串

林楚楚　　蔣君超

白　璐　　黃　翔

插曲

青　紗　帳　起

任光作曲　安娥作詞

中華歌詠隊青年同樂社

合唱及參加客串表演

主題歌

游擊進行曲

夏之秋曲　慧敏詞

演員表

以出場先後為序

軍　官…………魏鵬飛

張子桂…………周志誠

王志強…………李　清

張若蘭…………金　玲

張　父…………黃壽年

王志明…………張　沖

王　母…………林楚楚

王　父…………朱榮生

阿　福…………劉桂康

阿　庚…………張　瑛

方　啟…………高魯泉

阿　勝…………朱福勝

隊　長…………黃　翔

卡　多…………蔣君超

約瑟特…………曹達華

約瑟特夫人……白　璐

醉　兵…………溫　文

士　兵…………□　□

導　演

司徒慧敏

專業鏈接 3：影片鏡頭統計

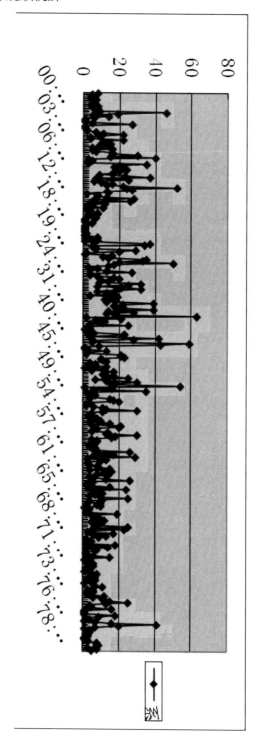

說明：《游擊進行曲》全片時長 80 分 3 秒，共 433 個鏡頭。其中：

甲、小於和等於 5 秒的鏡頭 164 個，大於 5 秒、小於和等於 10 秒的鏡頭 105 個，大於 10 秒、小於和等於 15 秒的鏡頭 59 個，大於 15 秒、小於和等於 20 秒的鏡頭 43 個，大於 20 秒、小於和等於 25 秒的鏡頭 26 個，大於 25 秒、小於和等於 30 秒的鏡頭 15 個，大於 30 秒、小於和等於 35 秒的鏡頭 7 個，大於 35 秒、小於和等於 40 秒的鏡頭 5 個，大於 40 秒、小於和等於 45 秒的鏡頭 3 個，大於 45 秒、小於等於 60 秒的鏡頭 5 個，大於 60 秒的鏡頭 1 個。

乙、片頭鏡頭 17 個，片尾鏡頭 1 個；字幕鏡頭 1 個，其中交代劇情的鏡頭 1 個，交代人物鏡頭 0 個，對話鏡頭 0 個。

丙、固定鏡頭 323 個，運動鏡頭 90 個。

丁、遠景鏡頭 46 個，全景鏡頭 140 個，中景鏡頭 147 個，近景鏡頭 56 個，特寫鏡頭 36 個。

（數據統計與圖表製作：田穎；複核：王宇豪）

專業鏈接 4：影片經典字幕與臺詞選輯

字幕：中國在烽火中

「隊長，我們的十幾萬的民眾幫您跟你們的皇軍」——「人呢？」——「人呢？」——「人都完全走光了」——「什麼，走光了？他媽的，走！」

「什麼是游擊隊？」——「游擊隊就是我們民眾的武力，用出奇制勝的戰術去打擊敵人，他們雖然是已經佔領了我們的地方，我們要他吃不安，睡不穩。各位要知道，我們是生長在這個地方的，一切的情形總比敵人清楚得多。如果我們好好地運用游擊戰術，我們可以藏在敵人不知道的地方，可以埋伏在敵人的周圍。雖然，敵人是有好的槍，好的炮，可是他根本不知道我們藏在什麼地方，我們還怕什麼呢？

咱們在什麼地方打呢？這樣吧，我們隨時利用各種機會，各種方法去襲擊敵人，將他們的槍，他們的炮搶過來，這是絕對可以做得到的。如果我們堅持這種游擊隊的戰術，發揮游擊隊的力量，把游擊戰爭遍布在敵人的後方來配合我們正規軍來作戰，只有這種方法才會有希望收復這塊土地……」。

「哎，我看這是不可能的。你們沒問題，像我這樣，小店還有生意。阿庚哥，你也不能去，你走了，田地誰種啊？」──「你別胡扯，你倒想得好啊，你以為你的生意跟他的田地還可以繼續做下去嗎？你要知道，如果我們不抵抗，那就什麼都完了！」

「若蘭，這點小傷不要緊，多住幾天，這幾天當中多少無辜的同胞被人殘殺，我爸爸就是這樣慘死的。若蘭，我要報仇！我爸爸的血是不會白流的。為了國家民族的生存，我不能不去」──「不錯，為了國家民族的生存，你要去。時候不早了，你好好地睡吧」。

「哎，福哥，你也在這？怎麼樣？你家裏的人呢？你店裏的生意怎麼樣？」──「……強哥，你知道，我是一個殺豬的，只要給我一把刀，我就像殺豬一樣，把那些鬼子殺得一個不留」。

「這小鬼，打死他都不肯講，真是該死」──「啊，來人啊，快來人，把那個小鬼關起來。你來，這地方實在不好，老百姓都是壞人！」──「是，混帳奴才！」──「你也是！」──「是是，我也是。隊長啊，這些混帳奴才住的地方，以往都有游擊隊住，我們放火把它燒掉！」──「好啊」。

「所有村莊都放了火，燒一點不剩了，報告隊長，今兒抓了好多花姑娘，找個漂亮的陪隊長喝酒好不好？」──「好，好啊」。

「哎，你為什麼不打他？啊？」──「因為我是人，他們也是人吶！」──「難道我就不是人？我自從來到了中國，沒有一晚上睡得著的，我覺得很難過，我不知道為什麼要派我們到中國來。離開了父母、子女，拋去了田舍和財產，來打這些跟我們毫無仇恨的中國人，我本來有一個快樂的家庭，這個是我老婆，這個是我的孩子。我不願意再講下去，我們大家都不是一個富有的人家，現在戰債已經推行到七十萬萬億以上，我簡直不敢想像，我們的家鄉父老是怎麼樣生活，全國的人民他們又是怎麼樣生活下去！」──「你

不要太傷心了，我們絕不會做一輩子的軍閥的犧牲品的，我們國內的知識分子，和那些被壓迫下的公務人員已經開始反抗了」——「對，我們一定要反抗，如果讓軍閥這麼打下去，將來真不敢想要慘到什麼程度」。

「不成吧，我們雖然人有這麼多，但是槍械不夠，有些槍還是不能夠用的，我們怎麼能夠跟敵人打呢？」——「雖然我們的槍械不好，但是我們可以用計謀去取勝。你要知道，襲擊敵人就是補充槍械的最好辦法」。

「哎呀，好要緊啊，那些游擊隊要襲擊我們，他們的秘密已經被我得到了，他們準備今天就動手，我要馬上去報告隊長啊！」——「好，去吧。哎哎，回來，你得先叫一聲萬歲！」——「好，好。萬歲！嘿嘿嘿」——「去吧」。

專業鏈接 5：影片觀賞推薦指數：★★☆☆☆

專業鏈接 6：影片學術價值指數：★★★☆☆

甲、前面的話

1938 年，一年前就從內地抵達香港的編導蔡楚生和司徒慧敏，為當地的啟明公司拍攝了粵語片《游擊進行曲》，影片「暴露了日本帝國主義侵略中國的罪惡……歌頌了中國人民反抗日寇侵略的愛國主義精神，闡明了……發展游擊戰爭這一重大的思想主題」[1] P79；但當時即被港英當局「勒令禁映」，直到 1941 年 6 月，經過刪剪並更名為《正氣歌》後才得以公映[1] P79。

對這部八十年前的抗戰電影，有海外學者認為，從內容上看，影片「反映了根植於大中原心態的民族主義者們的是非觀：敵我分明、忠奸對立」，形

式上則「運用了典型的邊緣化敘事策略」[2] P126；影片在當年雖然「引起香港流亡團體的高度評價，但是由於演員對本土觀眾來講太陌生，又缺乏強烈的劇情衝突，這部影片的票房慘敗」[2] P126。

在我看來，這部影片顯然應該歸入抗戰爆發後國統區電影的主流電影形態，也就是國防電影（運動）在戰時形態延續的成果，即抗戰電影；另一方面，就刪剪修改後的《游擊進行曲》而言，無論是內容還是藝術表現形式乃至票房表現，都可以作為抗戰八年期間國統區所有的抗戰電影的一個縮影或分析樣本。

乙、《游擊進行曲》的文化生態背景及其主題表達

1937 年 7 月抗戰全面爆發後，中國電影界迅速全面攝製抗日影片，為國效力。

僅在當年年底之前，香港電影界即攝製上映了 14 部之多的抗戰題材的故事片，即《最後關頭》（粵語片）、《前進曲》、《回祖國去》、《女戰士》、《兒女英雄》、《火中的上海》、《邊防血淚》、《中國青年》、《焦土抗戰》、《血肉長城》、《大義滅親》、《傀儡美人》、《戰雲情淚》、《民族罪人》等[1] P76；進入 1938 年後，又先後攝製了《血濺寶山城》和《游擊進行曲》[1] P78。

內地電影界則在 1938 年的 1 月至 10 月，由剛成立不久的中國電影製片廠（簡稱「中製」），攝製出品了 3 部抗戰題材的故事片，即《保衛我們的土地》、《熱血忠魂》和《八百壯士》[1] P19。可惜的是，時至今日，無論是香港出品還是內地出品，就 1938 年的中國電影而言，以上羅列的所有影片，現存的、目前公眾能看到的，只有這一部《游擊進行曲》。

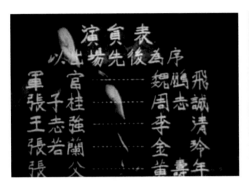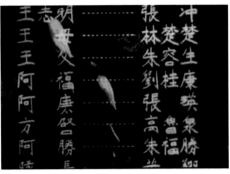

首先，引起我注意的，是影片的紀實性。

形成這個特徵的原因很明顯。由於戰爭爆發，《游擊進行曲》的創作和表現離現實太近，從編、導、演的角度上說，就容不得從容構思、精雕細磨。而就藝術創作的角度上說，這樣一種很近的創作距離是有害的。一般來說，對於重大事件的藝術再現，在時間和空間上與表現對象是有一定的距離的，因為這是從容創作心態的保證之一〔註1〕。

所以正是因為它距離表現的對象太近，這就決定了這種紀實性的手法，因此導致了它藝術上的相對粗糙和不講究。這一點不能夠構成指責《游擊進行曲》的依據，相反，恰恰是讀解影片的一個立腳點，正如同抗戰初期國統區文學「救亡壓倒一切」的特徵一樣[3]P446，這是抗戰電影所處的「抗戰文藝」的文化生態所決定的[3]P445~446。

其次，從1949年以後中國大陸抗日題材電影的發展歷史來看，那些對侵略者野蠻行為揭露性的場景展示，其實是從左翼電影中那些涉及抗日題材的影片發軔的——只要看看現存的、公眾可以看到的影片就會明白和承認這一點[4]，這是一個繼承發展的過程，並沒有根本性的變化[5]。

〔註1〕譬如，「二戰」結束以後，許多經典作品才不斷出現——當然也不能排除個案，譬如偉大的《靜靜的頓河》，小說離事件的發生時間就不是很長。抗日戰爭剛開始的時候，就有人提出，一場偉大的戰爭開始之後就應該有偉大的史詩出現和流傳下來，至今還有人這麼期待。問題是，這樣的理論期許在抗日戰爭結束半個世紀後的2000年才得以些許落實，那就是《鬼子來了》——它完全有資格進入經典電影的行列，而這，往往是史詩出現的前奏。因為，《辛德勒的名單》(1993)也是「二戰」結束將近50年後才出現的。而對更多中國抗日戰爭經典作品乃至史詩作品的出現，顯然人們應該充滿信心。

　　但是，對當時的觀眾而言，《游擊進行曲》這樣的鏡頭和展示是革命性的、劃時代的。因為戰前涉及到抗日題材的左翼電影，這方面的表現多有隱諱，譬如《野玫瑰》（1932），可以出現「義勇軍」但不能說東北義勇軍；又譬如《小玩意》（1933），可以說「敵人打過來了」但不能直說日軍；除了《大路》（1934），表現敵我方的武裝對決都是以曲折的方式來表現，即使是《風雲兒女》（1935）也沒例外：在影片插曲《義勇軍進行曲》中，也只能說「冒著敵人的炮火前進」，儘管所有人都知道敵人就是日本侵略軍〔註2〕。

　　到了《游擊進行曲》這裡，由於從法理角度來說中日兩國已經正式開戰，或者說，中國被迫應對日本的全面侵略戰爭，因此，電影表現上的障礙已清除淨盡，能夠沒有顧忌了。而這一點，對於全民族的警醒、動員、號召之力，是不可否認和忽視的——現在來看，更是巨大的歷史貢獻。

〔註2〕我對這兩部影片的具體討論，祈參見拙作：《左翼電影的藝術特徵、敘事策略的市場化轉軌及其與新市民電影的內在聯繫》（載《湖南大學學報》2008 年第3 期）、《左翼電影製作模式的硬化與知識分子視角的變更——從聯華影業公司出品的〈大路〉看 1934 年左翼電影的變化》（載《蘇州科技學院學報》2008年第 2 期），兩篇文章的完全版和未刪節版（配圖），先後收入《黑白膠片的文化時態——1922～1936 年中國早期電影現存文本讀解》和《黑馬甲：民國時代的左翼電影——1932～1937 年現存中國電影文本讀解》，敬請參閱。

　　第三，這部現存最早的、出品於戰爭狀態下的抗戰題材電影，既有許多對日軍侵略行為揭露式的畫面展示，更有中國軍隊和群眾最後取得勝利的大場景。從藝術上說，這是源於左翼文藝、左翼電影，以及由此而來的國防電影所擅長的一面，即鼓動性、宣傳性、政治性、鬥爭性、暴力性。《游擊進行曲》的片名以及片頭片尾激昂的抗戰歌曲配置就是一個最鮮明的證據。

　　眾所周知，中國抗戰八年期間的文藝作品有一個專有名詞，曰抗戰文藝，具體地說就是「文章下鄉，文章入伍」，其核心就是為抗戰服務[3] P446~447。就歷史進程的角度而言，「抗戰文藝」的提出以及藝術家們的這種努力，應該首先予以肯定。因為國難當頭，一切靠後〔註3〕。

　　第四，無論是正面人物／我方人物，還是反面人物的漢奸，影片中人物的一個突出特點，就是沒有明顯的階級性特徵。而在此之前，發軔於1930年代初期的左翼電影，所有的人物形象都具備階級性特徵〔註4〕，作為左翼電影

〔註3〕也就是說，在避免亡國滅種的前提下，這種不符合文學規律的文藝口號的提出和實踐，應該首先被歷史地肯定。但即使是當時，人們對「一切為抗戰服務」的文藝方針也做過深入的反省和檢討，譬如「與抗戰無關論」的提出。我個人的理解，這種言論從長遠來看，還是與抗戰有關的，因為它是要健全和發展民族的整體素質。這樣的論爭在幾十年後的今天，已然得到基本的廓清，譬如1949年後被大陸文學史稱之為文藝界漢奸的梁實秋、沈從文、張愛玲等基本都得到平反。其中的道理其實很簡單，除了抗戰，還有生活，或者說生活包括了抗戰而不是相反。譬如就當時的西南聯大而言，上好每一堂課，做好每一個研究，就是在為抗戰做出貢獻，因為民族精神主要蘊含於在文化，絕不能喪失。抗戰時期的昆明、重慶、李莊和桂林，之所以被後人稱為抗戰期間的四大文化基地，是因為它們（依次）有西南聯大，有文藝界人士雲集，有中央研究院歷史語言考古研究所、社會所和中央博物院等文化單位駐紮，有眾多南下文化精英的聚集。
〔註4〕人物的階級性被1949年後的大陸電影、尤其是抗日題材的電影全盤繼承並片面放大，呈現出強烈的意識形態色彩。對這一問題的深入具體討論，祈參見拙作：《新電影的誕生是時代精神和市場需求的產物——以新華影業公司1937年出品的〈青年進行曲〉為例》（載《北京電影學院學報》2011年第3期）、《左翼電影、國防電影與新中國電影的血統淵源——以1937年新華影業公司出品

的升級換代版本，戰前的國防電影，譬如《狼山喋血記》[4]（1936）和《春到人間》（1937）即是如此〔註5〕。

　　但令人震驚的是，《游擊進行曲》的男女主人公卻都是青年知識分子出身〔註6〕，即「知識青年」[2]P127。抗戰主體，即做出最大犧牲的恰恰是知識分子階層，因為民國時代的知識分子絕大部分出身鄉村，戰前他們積極宣傳抗日，抗戰爆發以後大批青年知識分子響應政府號召投筆從戎——就這個意義上說，抗日戰爭不是哪個政黨的抗戰而是中國人民的民族聖戰；面臨外敵侵略，哪個階層都可以選擇做順民，唯獨知識分子不能忍辱偷生。

　　所以，《游擊進行曲》在這一點上突顯了歷史的真實性。

　　　　的〈青年進行曲〉為例》（載《杭州師範大學學報》2011 年第 4 期）、《〈孤城烈女〉：左翼電影在 1936 年的餘波回轉和傳遞》（載《青海師範大學學報》2008年第 6 期），以及《中國現代文學和早期中國電影的文化關聯——以 1922～1936年國產電影為例》（載《中國現代文學研究叢刊》2010 年第 4 期）。

〔註 5〕我對這部影片的具體討論，祈參見拙作：《〈春到人間〉：從左翼電影向國防電影的強行轉化——辨析孫瑜在 1937 年為中國電影所做的歷史貢獻》（載《當代電影》2012 年第 2 期），其完全版和未刪節版（配圖），先後收入《黑夜到來之前的中國電影——1937 年現存國產影片文本讀解》和《黑布鞋：1936～1937年現存國防電影文本讀解》，敬請參閱。

〔註 6〕這就和 1949 年以後貶斥知識分子、著力拔高出身社會底層的草根階層即農民和工人的大陸影片主旋律形成強烈對比和反差：細數 1949 年後大陸拍攝的抗日題材電影，其著力塑造的英雄人物即男女主人公或正面人物形象，看看他們的出身階層，有幾個知識分子？1950 年東北電影製片廠攝製的《趙一曼》，女主人公出身就是青年學生。但再以後，就會發現一個微妙的變化，出身知識階層的人物形象，無論正面反面，大多會在抗戰進程當中，表現出軟弱、妥協，乃至於叛變投敵的傾向。北京電影製片廠 1951 年攝製的《新兒女英雄傳》就是這樣一個過渡性的影片，即向一個模式化過渡，（也正因為是過渡，所以還能看到在沒過渡之前，讓人們為之興奮和欣賞的東西，譬如正面人物的代表、男主人公牛大水，他熱戀的正面人物、女主人公劉小梅，居然有過一個當了漢奸的丈夫張金龍。我對這兩部影片的具體討論意見尚未發表，敬請關注。

第五，許多第一次看到抗戰時期民國電影的人會很驚奇地發現，1949 年後在大陸電影中一直被描畫成殺人不眨眼的日本侵略軍，居然在 1938 年戰爭狀態下的電影中，出現了人性化的、有正義感的反戰士兵形象；而影片中那場戰鬥的勝利也主要應歸功於這些「日本共產黨員」，最有意思的是，漢奸還是被日本士兵打死的。

為什麼會出現這樣的表述？是什麼使得包括編導在內的中國民眾如此看待敵方士兵，並安排這樣的情節？我認為，這首先源自大眾化的戰爭認知理念，就像毒打主人公弟弟的日軍士兵說的那樣：「我們也是人啊，我們也有老婆孩子啊」。這種對人性的理解和解釋，主要是現代中國的民族性決定的。近代以降，每當面對強敵的時候，國人總是不自覺地先從一個弱者的角度去友好地理解和描述對方，進而希望得到對方的善意回應。

 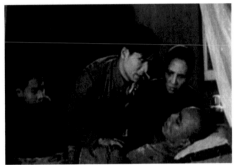

第六，影片中還有一段表現日軍與中國民眾聯歡、遊戲的場景，而在 1949 年以後大陸抗戰題材的電影中——至少直到 2000 年——根本看不到類似的敵軍生活場景 [註7]——不論是敵方還是我方，基本上都是不食人間煙火，除了打仗就是打仗，不是勝利就是失敗，戰爭狀態下的生活呈現出驚人的單一性和排他性。

而與此相關的，是《游擊進行曲》的主旋律，從一開始全景式的表述，到最後我軍大勝這樣的安排，絕不是個別編導意志的體現，或者說是個案表現。因為影片拍攝的時間僅僅是戰爭爆發後一年，時間距離近，無暇做深刻的反思和反省；更重要的是，這種敵軍必敗我軍必勝的表現，實際上反映了當時的一種看法，即「抗戰速勝論」，這種認識恰恰是在影片拍攝的 1938 年達到頂峰。

〔註7〕類似的場景在 60 多年後大陸出品的電影《鬼子來了》(2000) 當中出現——我對這部影片有專文討論但尚未發表，此處不贅，敬請關注。

　　實際上，影片中間穿插許多我軍運用戰術取得輝煌戰果這樣的描述，正是「速勝論」的具體體現。明白了這一點，就會明白影片表現的這種敵我雙方的對決，實際上是從中方對戰爭理念理解的層面上設計和展開的。譬如大批敵軍反正（投降），我軍大勝，尤其是影片最後一個場景——就是取得全面勝利的時候——最能說明問題：我方軍民高舉著刀槍一擁而上。實行人海戰術，這是當時戰爭理念的一種直接反映，至少主觀層面上是如此，譬如抗戰全面爆發後，後方民眾向前方浴血奮戰的將士捐贈的武器中不乏大刀這樣的冷兵器。

　　第七，從現在看，影片反映的一個事實讓我感到驚訝，那就是無論是抗日、抗戰、武裝鬥爭，根本沒有國、共兩黨之分的政黨色彩。而正是因為如此，才恰恰最接近歷史的本來面目。因為在當時，無論抗戰，還是抗戰的主體，都是政府行為主導下的結果，即中華民國政府組織動員的反侵略、反法西斯的民族聖戰。

　　（這種非政黨色彩的描述，又與 2000 年的《鬼子來了》有著內在的邏輯和線索關聯，譬如到底是誰綁架了日軍士兵和中國籍翻譯官？）1949 年以後中國大陸攝製的所有的抗日題材電影，始終生成貫穿著一個觀眾以為是真相和常識的東西，就是以為這場戰爭是由一個政黨單獨領導並取得最終勝利的。而回到真相和常識層面，今天的人們都知道，作為正面戰場的抗日主力，國軍的犧牲功不可沒、彪炳史冊、氣壯山河。這才是不爭的事實〔註8〕。

〔註 8〕就抗戰期間而言，從法理上來說，國共軍隊本是一家，號稱是中共的「八路軍」
　　　　和「新四軍」其實都是國民政府軍隊的序列，即第八路軍（後改為第十八集團軍）
　　　　和新編第四軍，只不過這個常識在 1949 年以後被遮蔽了。抗戰結束後最令人扼
　　　　腕的是兄弟鬩于牆的內戰，最嚴重的後果就是沒能在抗戰勝利後，以戰勝國的身
　　　　份駐軍日本、揚我國威、一洗恥辱。據說已經傳令兩個國軍整編師訓練有日，包
　　　　括習日語、講禮儀、配服裝……連軍體駐軍地點都有規劃（當然包括東京在內）。
　　　　不承想，內戰爆發，這些軍隊被直接調往和共軍決戰的戰場上了……。

第八，抗戰爆發之前的中國電影──主要是涉及抗日**題材的左翼電影和國防電影**──就有漢奸、內奸這樣的人物形象，由於當時電影檢查當局對此多有顧忌和約束，所以對日軍的描述不是很明晰，漢奸、內奸形象也同樣給以簡單化處理，沒有涉及深層次的社會和文化原因，譬如他的出身、動機等等〔註9〕。

抗戰爆發後，對電影的這種限制已然取消，但《游擊進行曲》中的漢奸形象引起了我的興趣。影片對他的出身什麼沒有明確地交代，他的動機也沒有看到。之所以將其視為一個值得提出的問題，是因為1949年以後的大陸電影，無論是表現國共兩黨關係的所謂階級鬥爭，還是表現抗日戰爭的題材，任何一個漢奸人物都會有他個人的、明確的動機和鮮明的階級立場〔註10〕。

〔註9〕對這一問題相關的深入討論，祈參見拙作：《新電影的誕生是時代精神和市場需求的產物──以1937年新華影業公司出品的〈青年進行曲〉為例》(載《北京電影學院學報》2011年第3期)、《左翼電影──國防電影與新中國電影的血統淵源──以1937年新華影業公司出品的〈青年進行曲〉為例》(載《杭州師範大學學報》2011年第4期，上述兩篇文章的合成完全版和配圖未刪節版，先後收入《黑白膠片的文化時態──1922～1936年中國早期電影現存文本讀解》和《黑布鞋：1936～1937年現存國防電影文本讀解》)、《藍蘋主演的〈王老五〉是一部什麼性質的影片──管窺1937年全面抗戰爆發前後的國產電影》(載《學術界》2011年第8期)、《〈王老五〉的新技術主義製片路線及其藝術特徵──1937年全面抗戰爆發前後的新市民電影實證》(載《浙江傳媒學院學報》2011年第5期，上述兩篇文章的完全版和未刪節版(配圖)，先後收入《黑夜到來之前的中國電影──1937年現存國產影片文本讀解》和《黑皮鞋：抗戰爆發前的新市民電影──1933～1937年現存中國電影文本讀解》，敬請參閱)。

〔註10〕譬如長春電影製片廠1955年拍攝的《平原游擊隊》，那個漢奸之所以積極為日軍服務，就是因為他家是地主，共產黨分了他家的地。北京電影製片廠1963年拍攝的《小兵張嘎》中，王翻譯為什麼跟隨日軍效力？影片沒有明確交代，但可以借助大陸2000年出品卻被禁映的《鬼子來了》做一個旁證性的解讀。《鬼子來了》中的日軍翻譯官董漢臣，姓名本身就具備鮮明的階級性：一定是出身

　　《游擊進行曲》對這個日軍翻譯的處理、描述是直線型的，即死心塌地為日軍效力，譬如主動抓捕中國人。而對他的結局處理——先是被日軍拋棄，然後被國人暴打——有著明顯的警示意味，就是做漢奸絕沒有好下場。這顯然是出於當時戰時宣傳的一種考量。

丙、結語

　　雖然資料說明《游擊進行曲》是一部粵語片，但現在看到的 VCD 視頻是一部標準的國語片，這應該是 1941 年的刪剪修改版本。

　　從整體上看，這部抗戰全面爆發後香港製作的影片，無論是正面人物還是反面人物，塑造手法簡單但不失樸素，而且用力均勻。譬如積極抗戰的男主人公，在日軍到來之前還不能忘記女朋友〔註 11〕；再譬如主人公的弟弟，被日軍拷打時的慘狀，非常符合歷史真實〔註 12〕。

　　所謂用力均勻，指的是對反面人物，譬如對日軍隊長的描述刻畫並不是單線條地簡單處理。之所以這樣說，還是因為，1949 年後的大陸電影對日軍中下級軍官的描述和塑造，隨著時間的推移越來越模式化和簡單化，譬如他

　　　中層以上、類似鄉紳一類的家庭。日本侵華後，很多為日軍服務的這些翻譯，是不是都是自覺自願為日軍效力的？是不是都被充軍或強徵入伍的？董漢臣屬於哪一種情形？影片交代得很清楚，他是作為前留學生跟著日軍來華的，（當然，更多的中國留日學生，是歸國效力、投身抗戰）。就董漢臣的動機而言，至少不能說他就是抱著當漢奸的目的回國來當翻譯官的，用他自己被槍斃前說的那句話就是：「如果我不是為了學日本話，我能受這罪？」

〔註 11〕這一點在 1949 年後的大陸電影中是看不到的，而且，根本就不會有女朋友這一層關係可以安排。

〔註 12〕東北電影製片廠 1950 年攝製的《趙一曼》中還有這種樸素記錄和表現的痕跡，譬如用剪影的方式表現日軍對女主人公的裸體用刑的鏡頭。此後的同類題材電影，這種場景便逐漸消失。

們必定是兇殘、好色、頑抗到底但又是相貌醜陋、愚蠢之極，連姓名也處於道德低位：龜田、小野、中野……以及由「毛利」這個姓氏傳化而來的「毛驢太君」（小說《烈火金剛》，1958年；電影《烈火金剛》，1991年）。

　　《游擊進行曲》的整體基調不失悲愴和局促。悲愴是可以理解的，因為當時的中華民族處正處於亡國滅種的危難情境之中，所以影片中幾次用了貝多芬的《命運》交響曲。所謂局促，是說電影的製作因為時局的原因不能避免趕工之嫌，也就是說來不及精打細磨，而又難免將宣傳抗日、直接為抗戰服務放置首位。

　　而在這一點上，無論是內地還是香港，都是一樣的情形。實際上，儘管有「抗戰電影」和「國防電影」的不同稱謂〔註13〕，但1938年的中國電影，卻都是戰爭環境中的必然產物，這樣的時代烙印是不能避免的，也是有諸多共通之處的。

丁、多餘的話

子、必須特殊的觀影心態

　　作為現存最早、同時也是唯一的一部攝製於1938年的抗戰影片，包括許多研究者在內，許多人其實很少有機會或有興趣觀摩。因此，一旦進入解讀，就需要研究者把控感性之中的理性。因為，對戰時電影——生產、出品、形式乃至表演——應該抱有一種回到歷史、回到現場這樣一種無限逼近的主觀心態，同時又不能缺少客觀的學術研讀立場。

〔註13〕在談到自己1938年編導的《熱血忠魂》時，袁叢美就將其稱為「國防電影」而不是「抗戰電影」，見袁叢美：《〈熱血忠魂〉之話》，轉引自《中國電影發展史》第二卷，程季華主編，中國電影出版社1963年版，第23頁。

　　研究者當然不可能完全回到歷史現場，但應該做出這種努力，盡可能地逼近當時的歷史情境、貼近編導演的創作和表現心態。因為，這裡又有一個不容取消的前提，那就是必須要考慮到，影片是在戰爭已然開始、而且根本不知道哪天能夠結束的狀態下拍攝的。這樣，就排除了人們純粹欣賞的觀看體認。這當然是研究者和一般觀眾的區別，也是一個必須一以貫之的研究態度。

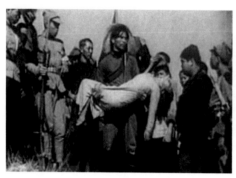

丑、小男孩抽煙

　　我第一次看這個片子，是上課時和學生們一起看的。可能是因為影片在人物形象的塑造上存在著模式化的問題，或者說觀眾對這個模式比較熟悉或在預期之中，譬如反面人物兇殘、好色、執迷不悟；正面人物中，男的英勇、機智、頑強，女的堅貞不屈，最終男女主人公幸福地迎來了勝利。所以大家沒有太特別的反應。但當影片中那個良心發現的日本兵不忍毒打中國小男孩，並且遞給他一支煙時，大家的反映出乎我的意料：他們覺得這很滑稽。

　　我對這個動作設計或細節安排倒是沒有接受障礙，或者說，我能理解這種習俗。南方我不知道，因為我是在北方長大的，這種情形在北方普遍存在。我上小學時是 1970 年代初期，有一次我和一群男同學用架子車幫班主任往家裏拉煤，這絕對是個體力活。幹活之前，班主任的弟弟是個小夥子，也就是十八九歲的年紀，客氣地拿出一包煙遞給大家。我和同學們當然沒有一個人接的，但都感到莫大的榮耀和滿足。因為遞煙給你是對你男性的承認，就是說，成年男性才享有抽煙的特權。

　　如果從 1970 年代來理解 1930 年代這個日本兵行為，我認為這很正常，是表示友好、承認小男孩是夥伴的意思，也就是不見外、自己人的意思。接

下來日本兵撫摸小男孩的傷痕,也是同樣道理。這有什麼不可理解或者覺得可笑的地方呢?〔註14〕

初稿時間:2005 年 4 月 1 日
初稿錄入:呂月華
二稿修改:2007 年 4 月 1 日
三稿修改:2011 年 8 月 1 日
四稿修改:2015 年 7 月 7 日
五稿改訂:2016 年 11 月 7 日~17 日
校訂配圖:2020 年 1 月 24 日~26 日

參考文獻:

〔1〕程季華.中國電影發展史:第 2 卷〔M〕.北京:中國電影出版社,1963.

〔2〕【美】傅葆石.雙城故事:中國早期電影的文化政治〔M〕.劉輝,譯.
北京大學出版社,2008.

〔3〕錢理群,吳福輝,溫儒敏.中國現代文學三十年(修訂本)〔M〕.北京
大學出版社,1998.

〔4〕袁慶豐.國防電影與左翼電影的內在承接關係——以 1936 年聯華影業
公司出品的《狼山喋血記》為例〔J〕.佛山科技學院學報,2008(2):
17~19.

〔註14〕本章正文的主體部分(無配圖,不包括丁、多餘的話),最初曾以《1938 年的
抗戰題材電影形態特徵——以當年出品的〈游擊進行曲〉(〈正氣歌〉)為例》
為題(約 7000 字),先行發表於《當代電影》2017 年第 8 期,發表時〔註1〕
和〔註10〕被刪除,現予以恢復並以黑體字標識。另外,正文和注釋中的黑
體字部分均為此次結集成書時增補或修訂之處,下方沒有文字說明的圖片,
均為《游擊進行曲》截圖。特此申明。

〔5〕袁慶豐.《聯華交響曲》：左翼電影餘緒與國防電影的雙重疊加——1937
年全面抗戰爆發之前中國國產電影文本讀解之一〔J〕.浙江傳媒學院
學報，2010（2）：70～74。

"Guerrilla March" ("Great Spirit Song", 1938-1941) : The Formal
Characteristics of Anti-Japanese Films in the Early Period of Anti- Japanese
War

Reading Guide: According to the data, from July 1937 when the Anti-Japanese war
broke out to the end of 1938, a total of 17 Anti-Japanese films directly reflecting
the Chinese military and people's efforts to resist the Japanese invasion were made
and released by the film companies in the Kuomintang district and Hong Kong, but
only Guerrilla March can be seen so far. Because the national defense films before
the war were transformed from the left-wing films in the early 1930s, the national
defense films and the Anti-Japanese war films have the same theme. On the other
hand, because they are too close to the objects that they shot, the Anti-Japanese war
films in the early stage of the Anti-Japanese War show the quality of the
documentary and traditional pattern, but also have much historical authenticity and
the simplicity of the original features. The Hong Kong Film "*Guerrilla March*",
which was edited and released in 1941, is such a sample with appraisal significance
and analytic value.

Keywords: *Guerrilla March*; left wing film; national defense film; anti-Japanese
War theme; anti-Japanese literature and art; anti-Japanese war film

圖片說明：中國大陸市場銷售的《游擊進行曲》VCD 碟片（「俏佳人系列」）
之一、之二。

第零貳章 《萬眾一心》(1939)——香港抗戰電影的文化邏輯和歷史貢獻

圖片說明：中國大陸市場銷售的《萬眾一心》VCD 碟片（「俏佳人系列」）包裝之封面、封底。

閱讀指要：

　　從 1937 年 7 月抗戰全面爆發到 1939 年年底，中國內地的官方電影製片廠和香港私營公司一共出品了 41 部抗戰電影。現存的、公眾可以看到的只有 3 個，全部屬於香港出品。而 1937 年到 1945 年整個八年抗戰期間，現存的、公眾可以看到的抗戰電影只有 6 個，其餘 3 個均由內地出品。抗戰電影是戰前國防電影的戰時延伸形態，國防電影則是 1932 年出現的新電影形態之一的左翼電影的升級換代版。國防電影在全面繼承左翼電影抗日救亡主題和暴力鬥爭的前提下，用民族性和民族解放戰爭提升、取代了後者的階級性和階級鬥爭模式。作為抗戰電影，《萬眾一心》不僅是中國電影內在邏輯、外在形式等文化傳統在戰爭期間的延續，還是奠定當時香港電影的主要代表形態之一。

關鍵詞：抗戰；左翼電影；國防電影；抗戰電影；《萬眾一心》；香港電影；

圖片說明：中國大陸市場銷售的《萬眾一心》VCD 碟片（「俏佳人系列」）之一、之二。

專業鏈接 1：《萬眾一心》（故事片，黑白，有聲，國語），香港新世紀影片公司 1939 年出品。VCD（雙碟），時長：79 分 58 秒。

〉〉〉**導演**：任彭年；**助理編導**：顧文宗；**攝影**：阮曾三。

〉〉〉**主演**：鄔麗珠（飾胡大嫂）、王豪（飾張沛）、任意之（飾范莉）、林實（飾岑範）、劉仁傑（飾劉武）、顧文宗（飾日本大佐）、王斑（飾張老爺）、白茵（飾張妾）、蔣銳（飾老農）。

專業鏈接 2：原片片頭字幕及演職員表字幕

萬 眾 一 心

豪 王 珠麗鄔

演 主

三曾阮……影攝

卿正洪……音收

鳴天包……景佈

樂 音

德而王

務 劇 術 美

英 胡 龍年曹

具 道 裝 化

服裝　徐為　　場記　區文壯

剪接　孫霖　　洗印　瑾非

趙永生　王新甫

助理編導

顧文宗

演員表（出場序）

岑範 .... 林實

劉仁傑 .... 劉武

王豪 .... 張沛

曹炎 .... 小曹

任意之 .... 范莉

稽露露 .... 村女

張海漱 .... 村女

王辛 .... 村女

鄔麗珠 .... 胡大嫂

郭眉眉 .... 村女

王斑 .... 張老爺

白茵 .... 張妾

顧文宗 .... 日本大佐

車軒 .... 大趙

巴鴻 .... 小錢

陳健 .... 醫生

蔣銳 .... 老農

導演

任彭年

專業鏈接 3：影片鏡頭統計

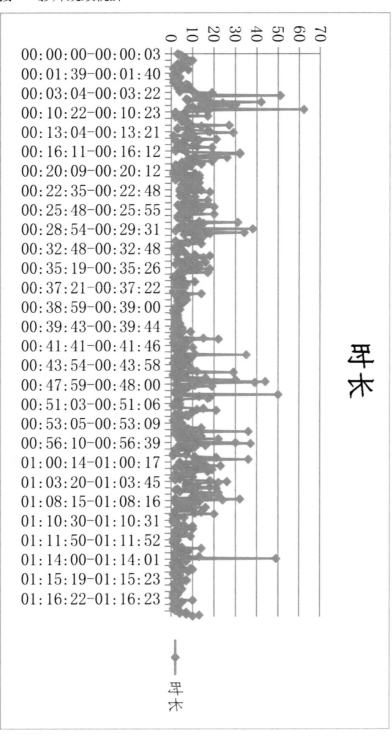

說明：《萬眾一心》全片時長 77 分 50 秒，共 608 個鏡頭。其中：

甲、小於和等於 5 秒的鏡頭 326 個，大於 5 秒、小於和等於 10 秒的鏡頭 141 個，大於 10 秒、小於和等於 15 秒的鏡頭 67 個，大於 15 秒，小於和等於 20 秒的鏡頭 35 個，大於 20 秒、小於和等於 25 秒的鏡頭 13 個，大於 25 秒、小於和等於 30 秒的鏡頭 9 個，大於 30 秒、小於和等於 35 秒的鏡頭 6 個，大於 35 秒、小於和等於 40 秒的鏡頭 5 個，大於 40 秒、小於和等於 45 秒的鏡頭 2 個，大於 45 秒的鏡頭、小於和等於 50 秒的鏡頭 2 個，大於 50 秒的鏡頭 2 個。

乙、片頭鏡頭 10 個，片尾鏡頭 0 個；字幕鏡頭 0 個。

丙、固定鏡頭 534 個，運動鏡頭 74 個。

丁、遠景鏡頭 53 個，全景鏡頭 179 個，中景鏡頭 78 個，近景鏡頭 269 個，特寫鏡頭 26 個。

（數據統計與圖表製作：張銘航；複核：歐媛媛）

專業鏈結 4：影片經典字幕與臺詞選輯

「抽煙嗎？」——「謝謝，不會」——「到底是好青年」。

「結婚了嗎？」——「我？哪有那麼簡單。你自個兒呢？」——「彼此彼此」。

「最近南京的形勢怎麼樣？」——「不提了，簡直過得不是人過的生活。學校哪是學校，根本成了特務的大本營，說話、行動，一點兒自由也沒有。對了，那個劉明澤，就是我們管他叫老劉老劉的，學生會的主席，今年上半年被捕，就這麼失蹤的」——「被捕？為什麼被捕？是什麼理由？」——「所謂的思想有問題，再加上一頂大帽子，什麼什麼嫌疑，理由多得很！」

「謝謝你文沛，你多幫忙！」——「幹嘛這麼客氣呢，多少年的老同學了，這還不是一句話的事情」。

「哎，那個姓張的人到底怎麼樣？你看他會不會幫我們的忙？」
——「這個可難說。姓張的人倒是挺熱心的，過去跟林實也算是知己朋友。不過，幾年不見，變了也說不定呢」——「哎，那個姓張的父親不是此地維持會的會長嗎？拿幾張通行證算不了一回事。我想，總不成問題」——「李威，你總是把任何事情看得太容易了。實際的情形，我想沒有那麼簡單吧」。

「哼，我知道，你是嫌我身份低，要不是打仗，誰願意來幹這出賣靈魂的事呢？」——「你倒不是出賣靈魂，你是賣……」——「賣，賣什麼？你說！」——「賣……呵呵」——「賣什麼？你說你說！」——「英子，要不要？」——「哼，錢？我不賣行不行？」

「我們知道，在全面抗戰的時期裏，報國的責任才是我們每一個人民應該負擔的」——「是的」——「不過，環境把我們到陪都去的志願給阻止了」——「是的，我們個人想去吧，真是心有餘而力不足，所以我們就聯合了一大班的技術人員，我想用團結的力量來完成我們每個人的志願」——「你們這樣做法，我很佩服。只要你們各位能努力，肯犧牲，一定會成功的」。

「我自己又何嘗不在擔心，這幾年來，我們在種種的壓迫下，生活不自由，思想不自由，甚至於連呼吸都不能夠自由。與其這樣沒有意義的活著，還不如拿性命跟他們拼一拼，成功了，我們的希望可以實現，如果失敗了，那我們也死的值得」——「這兩年來，我跟你東奔西走，什麼滋味我都嘗過了，什麼苦我也吃過了，可是我絕沒有一點後悔，可是現在，我忽然有點害怕起來」——「你不要害怕，也不要為了個人的愛情而毀了前途，你要堅強一點，拿出你的勇氣來」。

「沛兒，三娘說的話是不錯的」——「三娘？哼！您不是說女人是禍水嗎？」——「嘿嘿嘿，你三娘她是不同的」。

「范莉，敵人就到眼前了，你要是再不走，恐怕是救不了我，連你一塊犧牲了！」——「我不能離開你，我們就是要死也死在一塊！」——「你有你的前途，還有未完成的任務，你快去吧，快去吧，快去吧！」——「不，我不！」

「糊塗，別他媽亂說。心沒了怎麼還可以活著呢！」

「她大概沒有什麼危險吧？」──「精神上受了很大的刺激，大概沒有什麼問題」。

「韓醫生我這個腦子壞了沒有？」──「這個腦子一定要開刀，拿出來洗洗才行」。

「哎，這是什麼人？」──「這是病人！」──「病人？你怎麼給敵人撿子彈？」──「醫生的本分就是救人，並不曉得什麼是敵人」。

「如果是荒了春耕，遲了秋收，那麼本地的老百姓就全都要活活的餓死了，會長，會長，我求求你，我求求你可憐可憐我們，您就收回成命吧！」──「誤了糧食？忽略了防務，萬一游擊隊打過來，殺得雞犬不留，燒的片瓦無存，那時候人都死光了，還顧什麼糧食，還有什麼春耕？」──「會長，請您別動氣，老百姓是無辜的。這種殺人放火的手段，除了日軍之外，游擊隊是絕不會這樣殘忍的！」──「放屁！混帳東西，這完全是你的偏見！」──「處長，這是我代表我們老百姓的意見！」──「胡說！本會的布告貼出來了絕不能更改！混帳！！」──「會長，你為民服務就應該順從民意，絕不能夠獨斷獨行」──「混帳！會長的信譽要你來干涉，你一定是受了游擊隊的主使！」

「我這個處長，並不是日本人逼著我幹的，也不是我麻木不仁喜歡幹的，這是思想問題，說到行為呢，跟我一樣的人太多了。我不過親的是黃色，人家親的是白色，除了顏色不同之外，反正都是鬼子，再講到是非，那，將來自有公論」──「你說了半天我什麼都不懂，我講的是正義，信的是真理。除此以外，我承認我比誰都笨」──「這倒不見得，你的主張實際，我的主張理想，所以我什麼都講進攻，要是勝利了那就不用講了，要是失敗嘍……」──「那就身敗名裂，遺臭萬年了！」──「這也是事實。不過，我的事業是一個拼了性命的大賭博。一個好賭的人總是希望勝利」──「大人物的思想到底是不同，所以老百姓只好給你們當籌碼了」。

「咱們閒言少說，說變就變，現在變一位世界上最講公理，最講道德的一位牧師。哎，咱們閒話少說，說變就變，請諸位注意……現在是一位牧師，現在這個牧師呢還是不如軍人，咱們再變軍人」──「聖經不如手槍！」

專業鏈接 5：影片觀賞推薦指數：★★★☆☆

專業鏈接 6：影片學術價值指數：★★★★☆

甲、前面的話

自 1937 年 7 月抗日戰爭全面爆發，到《萬眾一心》出品的 1939 年當年，大半個中國迅速淪陷。隨著戰爭局勢的變化，中國社會開始進入地緣政治格局。除了早已成為日本殖民地的臺灣和港英當局治下的香港，遼闊的中國內地大致分為「國統區」、「解放區」、「淪陷區」，以及被日軍包圍的上海「孤島」（1937.11～1941.12）[1] P419~422。

這兩年半間，「國統區」只有先後設址於武漢（1937～1938）和重慶（1938～1945）的中國電影製片廠、位於重慶的中央電影攝影場兩家官方製片廠，共出品了 7 部抗戰故事片，即 1938 年武漢「中製」的《保衛我們的土地》、《八百壯士》、《熱血忠魂》，和 1939 年重慶「中製」的《保家鄉》、《好丈夫》，以及「中電」1939 年出品的《孤城喋血》、《中華兒女》[2] P419~422；但是，這些影片沒有拷貝存世——至少，公眾沒能看到。「解放區」的出產紀錄是零[2] P423。上海「孤島」有 12 家電影公司，出品數量是 75 部[2] P429~461；現存的、公眾能看到的不超過 10 部。[註1]

〔註 1〕這些影片是 1938 年出品的《雷雨》《胭脂淚》，1939 年出品的《武則天》《少奶奶的扇子》《王先生吃飯難》《金銀世界》《白蛇傳》《木蘭從軍》《明末遺恨》等。中國電影藝術研究中心負責人曾公開表示：「現在我們能夠看到的 1949 年以前的中國電影只有二百多部。……中國電影資料館現存的 1949 年前的中國電影應該在 380～390 部左右。也就是說，加上殘缺不全的和不能放映的，至少還有 100 部以上的電影可以挖掘」[3]。所以，有研究者一再呼籲：「資料開放，資源共享！」[4]

　　同一時期，按照內地在 1960 年代的統計數字，香港有 20 家製片公司，共出品了 23 部抗戰（題材）影片，幾乎都是粵語片 [2] P423～427。迄今，人們還可以得見的有 3 部，即由內地電影界人士赴港成立的啟明影業公司 [2] P77～78 在 1938 拍攝的《游擊進行曲》〔註2〕、由「中製」副廠長帶隊在港投資成立的大地影業公司 [5] 1939 年出品的《孤島天堂》〔註3〕，以及本文將要討論的、香港新世紀影片公司出品的《萬眾一心》。

　　但弔詭的是，1960 年代出版的由多人編纂、迄今仍然以史料豐富、信息全備見長的《中國電影發展史》，對出品於香港的前兩部影片，即《游擊進行曲》和《孤島天堂》，包括故事內容等，均多有表述與表彰 [2] P78～80 [2] P80～81，唯獨對《萬眾一心》未置一詞，僅在《影片目錄》中列出 [2] P427。

　　1980 年代，簡略提及這部影片的書籍先後有《中國早期影星》(1987) [6]、《中華民國電影史》(上，1988) [7]。從 1990 年代至今，眾多知識性讀物對這部影片的介紹均來自上述兩書 [8][9] P292 [10][11][12][13]；學術性著作偶有提及片名 [14]，更多的是未曾提及 [15][16][17]。因此，對《萬眾一心》的文本個案研究迄今仍屬空白。在我看來，作為香港出品的抗戰電影，《萬眾一心》既是中國電影發展形態，在內在邏輯和外在形式等方面在戰時延續的體現，又是內地文化傳統對香港本土電影文化的輻射並成功引領的證明。

〔註2〕這部影片的相關信息以及我的具體討論意見題目，祈參見本書第壹章。
〔註3〕這部影片的相關信息以及我的具體討論意見題目，祈參見本書第三章。

乙、從左翼電影到國防電影再到抗戰電影

　　1930 年代初期，中國電影就有了新、舊之分，新電影被稱為「新興電影」[18] 或「復興」的「土著電影」[19]。1949 年以後的電影史研究，一直都承認左翼電影是新電影[2]P185。現存的、公眾可以看到的影片證明，階級性、暴力性、宣傳性，是左翼電影的主要特徵。階級性指的是所有正面形象尤其是主人公，不論男女，都是底層民眾即窮人或曰無產階級／革命階級；所謂暴力性，是因為幾乎所有的左翼電影都有暴力以及由此帶來的死亡，不是死於階級壓迫或抗敵（日）行動，就是具備思想暴力；宣傳性指的是傳達新理念、新思想，尤其是階級鬥爭和抗日救亡等新概念[20][21]。

　　左翼電影出現於 1932 年，標誌是孫瑜編導的《野玫瑰》和《火山情血》；前者的女主人公雖然只是鄉下牧鵝女，卻熱衷抗日救亡宣傳並最終引導有錢的少爺——男友即男主人公——參加了義勇軍〔註 4〕，後者的男主人公是農民，後來在酒吧舞女即女主的幫助下殺掉逼死妹妹和父親的仇人，伸張了正義〔註 5〕。史東山的跟風之作《奮鬥》，男女主人公分別是工人和女傭，最終男主人公和情敵受到抗日救亡宣傳的鼓舞，並肩攜手參軍上了前線〔註 6〕。

　　1933 年的《春蠶》，講的是蠶農辛苦勞作，結果換來的是「豐收成災」，將根源指向帝國主義的經濟侵略，不無思想暴力〔註 7〕。《天明》的男女主人公分別是工人和女農民工／性工作者，男的從軍參加北伐，女的因為協助革命軍被槍決〔註 8〕。《母性之光》男主人公是礦工，女主是家庭婦女，因不肯

〔註 4〕這部影片的具體信息以及我的討論意見題目，祈參見本書《導論》〔註 1〕。
〔註 5〕這部影片的具體信息以及我的討論意見題目，祈參見本書《導論》〔註 2〕。
〔註 6〕這部影片的具體信息以及我的討論意見題目，祈參見本書《導論》〔註 3〕。
〔註 7〕這部影片的具體信息以及我的討論意見題目，祈參見本書《導論》〔註 5〕。
〔註 8〕這部影片的具體信息以及我的討論意見題目，祈參見本書《導論》〔註 7〕。

屈從資產階級壓迫，婚姻破裂、外孫女病死﹝註9﹞。《小玩意》的女主人公是小商販，信奉「實業救國」，女兒死於「一二八」戰火後，她在街頭瘋狂警醒大眾「敵人殺來了！」「快出去……大家一齊打呀！」「快出去殺敵人！」﹝註10﹞。《惡鄰》直接將舊市民電影的武俠套路置換為救國宣傳，其主人公其實是東三省自發抗日的普通民眾﹝註11﹞。

1934 年，《體育皇后》的女主人公是來自鄉下的樸實少女，在隱約反映東北四省淪陷的背景下，倡導反「錦標主義」的新理念﹝註12﹞。《大路》描寫一群男女農民工，為開拓修建國防公路，出力流汗抓漢奸，最後全部死於敵機轟炸﹝註13﹞。《新女性》的女主人公是窮困到不得不賣身的單親母親，但無論怎樣掙扎，女兒還是死於無錢醫治，自己也瀕臨死亡﹝註14﹞。《神女》講的是是無牌照的性工作者艱難求生，最後在悲痛中打死流氓男友被判入獄的悲情故事﹝註15﹞。《桃李劫》的男女主人公是家境一般的學生，畢業後因為不能容忍資本家沒有底線的道德敗壞行為憤而辭職，最後在淪為赤貧後先後死去﹝註16﹞。

1935 年，有聲片時代左翼電影的最高代表《風雲兒女》的男主人公是個窮文青，最後追隨不願再做流亡歌女的女主人公返回東北老家投身抗戰﹝註17﹞。1936 年的《孤城烈女》（《泣殘紅》）是左翼電影的餘緒，男女主人

﹝註9﹞這部影片的具體信息以及我的討論意見題目，祈參見本書《導論》﹝註6﹞。
﹝註10﹞這部影片的具體信息以及我的討論意見題目，祈參見本書《導論》﹝註8﹞。
﹝註11﹞這部影片的具體信息以及我的討論意見題目，祈參見本書《導論》﹝註4﹞。
﹝註12﹞這部影片的具體信息以及我的討論意見題目，祈參見本書《導論》﹝註10﹞。
﹝註13﹞這部影片的具體信息以及我的討論意見題目，祈參見本書《導論》﹝註11﹞。
﹝註14﹞這部影片的具體信息以及我的討論意見題目，祈參見本書《導論》﹝註13﹞。
﹝註15﹞這部影片的具體信息以及我的討論意見題目，祈參見本書《導論》﹝註9﹞。
﹝註16﹞這部影片的具體信息以及我的討論意見題目，祈參見本書《導論》﹝註12﹞。
﹝註17﹞這部影片的具體信息以及我的討論意見題目，祈參見本書《導論》﹝註14﹞。

公都是逃難的鄉下人，後來男的參軍跟著革命軍打回來，為了勝利，女的用身體抵住敵人機槍英勇獻身〔註18〕。1937 年，重組後的「聯華」公司為穩定市場，快速推出有史以來第一部短片故事集《聯華交響曲》，其中三個屬於左翼電影：《兩毛錢》展示城市貧民螻蟻一樣的生存狀態，其中男主人公被判八年；《三人行》講的是三個流浪漢，因為打抱不平再入監獄；《鬼》中的平民少女被神棍欺辱後覺悟，知道世上真正的鬼是壞人。〔註19〕

1936 年 1 月，「上海電影界救國會」成立，倡導「攝製鼓吹民族解放的影片」[22] P416~417，6 月，「國防電影」口號提出[22] P418。現存的、公眾可以看到的文本證明，國防電影在全面繼承左翼電影抗日救亡啟蒙宣傳的基礎上，最大程度地弱化或屏蔽了左翼電影刻意強調、凸顯的階級矛盾、貧富差異和反動（軍閥）勢力，將左翼電影的階級性及由此產生的對待階級矛盾和階級鬥爭的暴力反抗模式，提升、轉換為中日民族性矛盾和民族解放戰爭[23]。同時，就像 1932 年不許影片中出現「日軍」和「抗日」，必須以「匪軍」替代[22] P292~293 一樣，國防電影同樣也遭到「中宣部」有「不曰反對中央，即曰顛覆政府」的阻撓[22] P421。因此，國防電影中的敵、我之別，民、匪之分，其實就是日、中之代稱。

譬如 1936 年，《浪淘沙》用警探與逃犯之間你死我活的關係，隱喻大難當頭之際的國共關係，荒島求生共存亡的處境顯然指向日軍逐漸加快的侵華步伐〔註20〕。《狼山喋血記》用村民打狼，比喻抗擊威脅自身生存的外來侵略〔註21〕。《壯志凌雲》用兩個村莊的爭鬥比喻的是國共兩黨，說明只有不計前嫌、聯合一體，才能消除前來燒殺搶掠的「土匪」〔註22〕。

〔註18〕這部影片的具體信息以及我的討論意見題目，祈參見本書《導論》〔註15〕。
〔註19〕這部影片的具體信息以及我的討論意見題目，祈參見本書《導論》〔註19〕。
〔註20〕這部影片的具體信息以及我的討論意見題目，祈參見本書《導論》〔註18〕。
〔註21〕這部影片的具體信息以及我的討論意見題目，祈參見本書《導論》〔註16〕。
〔註22〕這部影片的具體信息以及我的討論意見題目，祈參見本書《導論》〔註17〕。

1937年，《聯華交響曲》中《春閨斷夢——無言之劇》，即使今天來看，也是空前絕後、偉大的抗日電影，深刻展示了戰爭對女性身心的戕害；《陌生人》說的是貪圖小利、容納外敵，只能招來殺身之禍、毀滅家族之災；《月夜小景》反映的是東北流亡青年父子兩代的悲慘遭遇；《瘋人狂想曲》用的還是左翼電影的抗日啟蒙、號召手法；《小五義》假借兒童遊戲影射外來之賊禍亂家園。《青年進行曲》用敵我軍事對立指代中日軍事衝突，用奸商指代漢奸〔註 23〕。《春到人間》直接用國軍威武前行的抗敵行動，指示已經展開的中日之戰〔註 24〕。

需要特別說明的是，國防電影中的抗日救亡和啟蒙教育即宣傳性，以及對中、日之戰的隱喻／比喻等象徵手法，在左翼電影當中其實是屢見不鮮。譬如早在 1932 年，在左翼電影的開山之作《野玫瑰》（無聲片）中，不僅有「愛中國」的啟蒙教育，更有「招募義勇軍」的字幕、「加入義勇軍」的橫幅和隊伍畫面，以及國軍軍官號召民眾不當「亡國奴」的激情演講場景。1934年的《大路》，更出現了「漢奸」這樣的「新」人物，極具當下性。

因此，1937 年《青年進行曲》中出現的義勇軍的群體形象和極其顯著的東北地域標誌，不過是對《野玫瑰》抗日救亡宣傳場面的直觀呼應。國防電影（運動）實際上是左翼電影的升級換代版本。抗戰全面爆發後，國防電影及其稱謂，又被直接表現抗日的抗戰電影取代，即可以「正面地描寫了抗日戰爭，而不再是採取語言、象徵、暗示、影射的形式」[2] P18~19。由此，抗戰電影不僅成為抗戰文藝的重要組成，更是中國電影在特殊時期，即民族聖戰年代對中國軍民不畏犧牲、保家衛國壯舉的影像留存。《萬眾一心》就是其中難得的證明之一。

〔註 23〕這部影片的具體信息以及我的討論意見題目，祈參見本書《導論》〔註 20〕。
〔註 24〕這部影片的具體信息以及我的討論意見題目，祈參見本書《導論》〔註 21〕。

丙、《萬眾一心》：中國電影文化傳統的延續與貢獻

對比文本就會發現，同樣是出自香港同一時期的抗戰電影，《萬眾一心》較前一年的《游擊進行曲》和同一年的《孤島天堂》，既有突破性，又有編導演的個性風格。

子、人物形象模式的突破

王豪飾演的漢奸張沛，歷史感和現實感兼具，沒有落入以往反面人物形象塑造上的窠臼。故事展開時，觀眾以為這個相貌堂堂的青年才俊是正面人物，沒料到他是一個死心塌地的漢奸，且不無文化和品位。左翼電影中出現過類似人物，譬如《大路》（1934）中的通敵分子；國防電影也有，譬如《壯志凌雲》（1936）中的當密探的貨郎、《青年進行曲》（1937）中向敵方倒賣軍糧的奸商、《聯華交響曲》（1837）之《陌生人》中的闖入者，《小五義》當中的商販等。

由於左翼電影在人物塑造上受到階級性的限定，國防電影又是其升級換代版，所以這些反面人物從一開始就有類型化的模式化之嫌、臉譜化的慣性設置，顯得較為低級。因此一方面，左翼電影和國防電影為中國電影提供了這個新人物類型，即漢奸形象的塑造和認定，另一方面又難免積習承襲。但到了抗戰電影《萬眾一心》，編導對漢奸形象的塑造可謂既視感強烈。

丑、編、導、演的歷史軌跡流變

《萬眾一心》的抗戰電影屬性毫無疑問，但不容忽視的，是鮮明和強烈的編、導、演個人的創作軌跡流變和慣性發展的時代性特徵。

第一，由於國防電影是從左翼電影升級換代而來，在抗戰時期延伸為抗戰電影。因此，左翼電影的階級性在《萬眾一心》當中被置於首位。這就是為什麼編導要為鄔麗珠扮演的女主人公胡大嫂，鋪排那麼長的一段交代其出身背景戲份的原因：戰前胡大嫂一家是農民，因為丈夫和兒子被日本鬼子殺死，所以憤而投身抗日游擊隊。這顯然是對其階級屬性，以及由此而來的反抗模式（暴力性）和抗日救亡宣傳性的特徵認定。

第二，編導任彭年（1894～1968）自 1919 年起，就是商務印書館活動影戲部的主要編導。在 1939 年之前的二十年裏，他先後導演（包括兼主演）的影片有 43 部，可謂一路走來、成果一路：《死好賭》（1919）、《兩難》（1919）、《李大少》（1920）、《車中盜》（1920）、《猛回頭》（1920）、《荒山得金》（1920）、《得頭彩》（1921）、《呆婿祝壽》（1921）、《柴房女》（1921）、《憨大捉賊》（1921）、《閻瑞生》（1921）、《蓮花落》（1922）、《拾遺記》（1922）、《大義滅親》（1922）、《孝婦羹》（1922）、《清虛夢》（1922）、《好兄弟》（1922）、《愛國傘》（1923）、《松柏緣》（1923）、《情天劫》（1925）、《後母淚》（1925）、《工人之妻》（1926）、《荔鏡傳》（1926）、《紅樓夢》（1927）、《嘉興八美圖》（1～3 集，1927～1928）、《狄青大鬧萬花樓》（1928）、《方世玉打擂臺》（1928）、《通天河》（1928）、《朱紫國》（1928）、《大鬧五臺山》（1929）、《關東大俠》（1～13 集，1928～1931）、《盜窟奇緣》（1930）、《女鏢師》（1～6 集，1931～1932）、《飛將軍》（1931）、《女俠黑牡丹》（1931）、《大破惡虎鎮》（1931）、《大丈夫》（1933）、《她的心》（1933）、《血書》（1933）、《圖中秘密》（1933）、《惡鄰》（1933）、《幕中人》（1934）、《昏狂》（1935）。[22] P521～600

作為女主演，鄔麗珠（1907？1910？～1978）的從影經歷，比起乃夫亦不遜色。她 1920 年代中期即開始出演角色，雖多是夫唱婦和，但至 1939 年之前，十五年來主演的影片已有 17 部之多：《情天劫》（1925）、《母之心》（1926）、《通天河》（1928）、《朱紫國》（1928）、《關東大俠》（1～13 集，1928～1931）、《盜窟奇緣》（1930）、《施公案》（第 3 集）（1930）、《女鏢師》（1～6 集，1931～1932）、《飛將軍》（1931）、《女俠黑牡丹》（1931）、《大破惡虎鎮》（1931）、《七星刀》（1932）、《大丈夫》（1933）、《她的心》（1933）、《圖中秘密》（1933）、《惡鄰》（1933）、《昏狂》（1935）。[22] P524～600

顯然，他們的作品當中，屬於舊市民電影形態的占絕大多數。他們在新舊電影軌跡上的變換，是時代大潮使然。（下面的六幅影片截圖，可以清楚地看出，鄔麗珠雖然人到中年，但在《萬眾一心》中依然本色不變、身手矯健。注意第三幅，她飾演的胡大嫂化妝成日本兵）。

寅、編、導、演的時代性轉變

因此，任彭年和鄔麗珠的珠聯璧合，一方面，體現在他們有著從中國電影最初和唯一主流電影形態，即舊市民電影完整發育成熟的伴隨經歷、共同發展歷程。更重要的是，他倆又曾有過聯手跨越新、舊電影交替，即順應電影市場變化的成功經歷。1933 年，在左翼電影趨於高潮，影響了「幾乎是所有的各大小影片公司的創作」[22] P281 的大背景下，也就是舊市民電影完全被新電影尤其是左翼電影淘汰出局之時，兩人組建的月明影片公司出品了《惡鄰》。

影片是左翼電影的跟風之作，抗日救亡主題和寓言式的東三省時政問題，是影片的表現要點，也是左翼電影宣傳的熱點——正因如此，《惡鄰》在上海「開映不到三天」，由於日本施壓，即「被上海租界當局禁止在租界公映」[22] P281——但影片的亮點，是鄔麗珠女俠身段和精彩打鬥。正因為這種強烈的武俠特色，影片在南洋廣受歡迎，影響巨大，還出口到北美，是中國「最早進入美國市場的兩部影片之一」[9] P292。

卯、個人風格鮮明的武打配置

因此，另一方面，《萬眾一心》的動作設計尤其是武打戲份，很難不讓人想起《惡鄰》一片的亮點。換言之，1939 年也就是六年後的《萬眾一心》，雖說是抗戰電影，但完全可以當做一個武打片來看待，因為每一個生死關頭的矛盾衝突，全部是由女主人公胡大嫂孤身鬥群魔來化解。影片共有七場武打戲，合計時長 5 分半左右，占全片片長的 7%。

其中有三場主打戲：為了救出被張沛出賣的小林以及眾女侍，胡大嫂在酒屋中完勝三個日本兵。第二場在醫院營救同情游擊隊的醫生和傷員，胡大嫂徒手又「解決」了三個日本兵。第三場是完成最後的善惡對決，救出被脅迫的范莉後，胡大嫂又一路追到日軍的炮樓上，最後把漢奸打到樓下摔死。

顯然，如同當年的《惡鄰》，1939 年的《萬眾一心》，亮點依然是武俠打鬥套路，（這源自舊電影即舊市民電影的文化傳承，而最初的新電影即左翼電影，恰恰全面繼承並強化了舊市民電影中的暴力元素）。因此一方面，《萬眾一心》再次證明了左翼電影與國防電影之間暴力模式的邏輯關聯；另一方面，由於抗戰電影是國防電影在戰爭時期的自然延伸，因此，反法西斯的民族解放戰爭的正義性得以全面彰顯。

丁、結語

全面抗戰爆發後，上海「孤島」時期，先後有 22 家製片公司，出品影片（故事片）257 部[2] P429~461。（1941 年 12 月太平洋戰爭爆發後的）「淪陷區」，偽「中華聯合製片股份有限公司」（「中聯」）出品大約 50 部（1942 年 5 月～1943 年 4 月 30 日）[2] P117；偽「中華電影聯合股份有限公司」（「華影」），出品80 部（1943 年 5 月～1945 年）[2] P118。偽「滿洲映畫協會」（「滿映」）前後共

出品的故事片,一說 108 部(1937 年～1945 年)[24],一說是 120 多部[2] P114。抗戰八年間,「國統區」只有三家官方製片廠,完成的數量是 19 部[2] P419～423。

2000 年以後的香港電影史研究的最新數據表明,1931～1936 年,出產影片 103 部;1937～1941 年,出產影片 466 部[25] P202。其中,1937 年出品了 17 部粵語國防電影[25] P238;1938 年是 18 部,「成為香港電影市場的主流類型之一」[25] P216;1939 年是 9 部,1940 年 4 部[25] P218～219;1941 年 13 部[25] P224。補充說明的是,1937～1941 年,香港有 230 家電影公司,電影總產量是 466 部[25] P236。換言之,1937～1941 年,香港出品了 61 部國防電影／抗戰電影,「占同時期香港電影總產量的 13%」[25] P238。注意,這個時間段是太平洋戰爭爆發之前。

在《萬眾一心》出品的 1939 年,香港的粵語片,主流依然是「恐怖、武俠、神怪、色情,可說是應有盡有」[2] P87。因此,《萬眾一心》與一年前的《游擊進行曲》,以及同年出品的《孤島天堂》,最難能可貴之處,是拍攝和公映於抗日戰爭最為艱難的戰略相持階段。這三部影片,不僅同步記錄了中國軍民不屈不撓反擊日本侵略、誓死保衛家國的英勇行為,同時即時反映、表達了中國軍民民族解放戰爭的倫理正義和堅強意志,激勵和堅定了全國軍民同仇敵愾、爭取勝利的決心;抗戰電影不僅是反法西斯戰爭的重要組成部分,也是中國電影內在邏輯、外在形式等文化傳統在戰爭期間的延續。

既然如此,可為什麼以往的內地電影史研究厚此薄彼呢?這應該與三部影片編導各自的人生際遇有關。譬如,作為《游擊進行曲》和《孤島天堂》的編導之一,1949 年後,蔡楚生(1906～1968)先後任「中央人民政府文化部電影局藝術委員會主任、國家廣播電影電視總局電影管理局副局長、中國電影工作者聯誼會和中國電影工作者協會主席、中國文學藝術界聯合會副主席」等職[26];司徒慧敏(1910～1987)曾任「文化部副部長、文化部技術

委員會主任及中國電影家協會副主席」等職[27]。而《萬眾一心》的編導任彭年（1894～1968）[28]、女主演鄔麗珠（1907？1910？～1978）[29]、男主演王豪（1917～ ？）[30]三人，1949 年後均離開內地、流芳海外——應該是再未踏上故土。

戊、多餘的話

子、中國第一代電影界大佬任彭年

任彭年 25 歲就效力於商務印書館活動影戲部，六年間為之先後導演《死好賭》、《兩難》、《李大少》（兼主演）、《車中盜》（兼主演）、《猛回頭》、《荒山得金》、《得頭彩》、《呆婿祝壽》、《柴房女》、《憨大捉賊》、《蓮花落》、《拾遺記》、《大義滅親》（《俠義緣》）、《孝婦羹》、《清虛夢》、《好兄弟》、《愛國傘》、《松柏緣》（《江浙大戰》）、《情天劫》等 19 部影片[22] P521~524，可謂高產。

最厲害的是，任彭年在 1921 年為中國影戲研究社導演了中國第一部長故事片《閻瑞生》（編劇：楊小仲；導演：任彭年；攝影：廖恩壽；主演：陳壽芝、邵鵬、王彩雲）。影片根據真實事件改編，講的是銀行高級白領設計搶劫一著名性工作者、謀財害命的故事。事件本身就是「轟動上海的社會新聞」，編成文明新戲上演後，「演出半年之久，賣座始終不衰」[22] P43。影片拍得更抓人：讓被害人的同事出演女主，殺人犯的至友演男主，足球名將演幫兇[22] P44。當時的電影都是短片，時長不過 20 分鐘，而《閻瑞生》竟有兩個小時時長[31]。結果票房記錄史上留名：一天賣出大洋一千三，一星期得錢四千餘元[22] P44。所以，1932 年的電影雜誌稱任彭年是「中國電影界最老的一個導演」[32]。

圖片說明：電影雜誌《開麥拉》1932 年第 118 期第 1 頁影印截圖。

丑、任彭年及其「女俠」鄔麗珠

鄔麗珠比任彭年小十幾歲，姐姐鄔愛珠，姐夫任彭年；姐姐去世後，她嫁給任彭年[33]，時間應該是 1931 年前後[32]。應該說，鄔麗珠是被姐夫兼丈夫培養成著名的女星和武打明星的。今天人們可以從 1933 年以武打戲見長的《惡鄰》一片中，看到鄔麗珠容貌俏麗和身姿綽約與颯爽英姿。當年《惡鄰》在海外放映，鄔麗珠「芳名之彰」，一時無兩。只不過，到了六年後的《萬眾一心》，鄔麗珠已然是一個體態豐滿、可愛的中年女性形象，但其身手工夫不減當年。難能可貴的是任彭年並不嫌棄，還是把她放到主角的位置上，只不過這個形象多少帶有點男性化的色彩。

無論是從這對夫妻的情感歷程，還是電影史的發展來看，他們從影歷程其實就是早期中國電影史的一個縮影。任彭年最早是拍舊市民電影起家的，1932 年左翼電影出現，於 1933 年達到高潮[22]P281。這意味著什麼？意味著中國電影市場對左翼電影的認可和追捧。而就在那一年，任彭年鄔麗珠夫妻倆成立月明影片公司拍攝了《惡鄰》，借力打力。獲得成功三年後，左翼電影被國防電影強行轉型，繼而抗戰全面爆發，抗戰電影出現並繼承了左翼電影—國防電影的大統。而夫妻倆再立新功，也就是自然而然的事情。

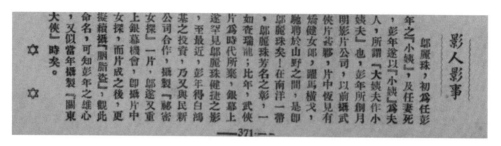

圖片說明：電影雜誌《影與戲》1937 年第 1 卷第 24 期第 4 頁影印截圖。

寅、《萬眾一心》和《血濺張家鎮》

做文獻綜述時，查到一張與《萬眾一心》有密切關係的電影海報，茲將其中文字照錄如下（圖片見下圖）：

《血濺張家鎮》導演：任彭年 心血結晶

國語雄壯激昂間諜奇情愛國槍戰緊張巨獻

看到敵人的兇殘 暴一定怒髮衝冠！看到愛國青年的救國的確歡欣興奮！

……演出驚天動地

抗戰時期的光榮史記！國產電影的不朽偉構！有歷史性！有愛國意義！

大施迷魂術…

敵寇走狗的醜相！愛國青年的壯舉！

鄔麗珠 王豪 任意之 岑範 王辛 蔣銳 聯合數十龍虎武師合演

以血以肉突破封鎖線！抗戰義士炸毀橋頭堡！肅清漢奸

除了片名對不上，其他如情節、場面的描述，尤其是全體演員都對得上。不清楚是哪裏出了問題。更大的可能是，這部影片換了個名字繼續上映。也許是為了躲避某種勢力的打壓，也許是在海外為了擴大市場和公司的銷路，總之，如果片名對不上，那一定是事出有因。

圖片說明：這幅電影海報從「豆瓣」收來，但具體期刊和時間始終沒能查證出來。

卯、任彭年的女兒

《萬眾一心》中青年學生范莉的飾演者任意之，是任彭年的女兒[34]，（從時間上推算，應該是任彭年和前妻所生）。從這個片子，可以看出任意之的自然條件極佳，容貌秀麗，身材高挑，舒展大氣（見下面兩幅影片截圖）。比起同時期上海「孤島」以及 1940 年代淪陷區那批當紅影星扮相毫不遜色，內在和外在都能夠直接對接。實際上，這種對接可以一直延伸到 1946 年到 1949 年內戰時期。1949 年，任意之繼承父業，在香港拍攝《水上人家》時，已是副導演兼場記。[註25]

初稿時間：2019 年 6 月 17 日～12 月 18 日
初稿錄入：張銘航
二稿配圖：2020 年 2 月 12 日～3 月 8 日

參考文獻：

〔1〕錢理群，吳福輝，溫儒敏.中國現代文學三十年（修訂本）〔M〕.北京：北京大學出版社，1998.

〔2〕程季華.主編.中國電影發展史：第 2 卷〔M〕.北京：中國電影出版社，1963.

〔3〕饒曙光.關於深化中國電影史研究的斷想〔J〕.北京：當代電影，2009（4）：72.

〔註25〕本章正文的主體部分（無配圖，不包括戊、多餘的話）約 14000 字，編入本輯前曾以《香港抗戰電影的文化邏輯與歷史貢獻——以〈萬眾一心〉（1939）為例》為題向外投稿，先後被三家雜誌退稿，6 月接獲《韓山師範學院學報》用稿通知，預計 2021 年第 1 期（責任編輯：溫優華）刊發。另外，下方沒有文字說明的圖片，均為《萬眾一心》截圖。特此申明。

〔4〕酈蘇元.走近電影，走近歷史〔J〕.北京：當代電影，2009（4）：63.

〔5〕黎莉莉.行雲流水篇：回憶、追念、影存〔M〕.北京：中國電影出版社，2001：75.

〔6〕肖果.中國早期影星〔M〕.廣州：廣東人民出版社，1987：81.

〔7〕林芝.中華民國電影史：上〔M〕.臺北：臺灣行政院文化建設委員會，1988：300.

〔8〕程樹安.主編：中國電影評論學會，湖北省電影評論學會.編著.中國電影演員辭典〔M〕.北京：中國廣播電視出版社，1993.45.

〔9〕程銳，程鴻彬，畢華.編.影視趣聞錄·「東方女俠」鄔麗珠〔M〕.武漢：湖北教育出版社，1995.

〔10〕黃志偉主編.老上海電影〔M〕.上海：文匯出版社，1998：147.

〔11〕吳貽弓主編，《上海電影志》編纂委員會編.上海電影志〔M〕.上海社會科學院出版社，1999：755.

〔12〕薛理勇主編.上海掌故辭典·月明影片公司〔M〕.上海辭書出版社，1999：437.

〔13〕張子誠，楊揚主編.中國百年藝術影片〔M〕.石家莊：河北人民出版社，2005：48.

〔14〕李道新.中國電影文化史 1905-2004〔M〕.北京大學出版社，2005：134～135.

〔15〕陸弘石，舒曉鳴.中國電影史〔M〕.北京：文化藝術出版社，1998.

〔16〕李少白.影史榷略·電影歷史及理論續集〔M〕.北京：文化藝術出版社，2003.

〔17〕丁亞平.電影的蹤跡·中國電影文化史評〔M〕.北京：中央編譯出版社，2005.

〔18〕紫雨.新的電影之現實諸問題〔N〕.北京：晨報「每日電影」，1932-8-16//三十年代中國電影評論文選〔M〕.北京：中國電影出版社，1993：586.

〔19〕鄭君里.現代中國電影史略//近代中國藝術發展史〔M〕.上海：良友圖書印刷公司，1936//中國無聲電影（四）〔M〕.北京：中國電影出版社，1996：1385.

〔20〕袁慶豐.中國現代文學和早期中國電影的文化關聯——以 1922～1936 年國產電影為例〔J〕.中國現代文學研究叢刊，2010（4）：13～26.

〔21〕袁慶豐.1930 年代中國左翼電影的歷史面貌及其當下意義〔J〕.學術界，2015（6）：209～217.

〔22〕程季華.中國電影發展史：第 1 卷〔M〕.北京：中國電影出版社，1963.

〔23〕袁慶豐.1922～1936 年中國國產電影之流變——以現存的、公眾可以看到的文本作為實證支撐〔J〕.學術界，2009（5）：245～253.

〔24〕胡昶，古泉.滿映——國策電影面面觀〔M〕.北京：中華書局，1990：序言.

〔25〕周承人，李以莊.早期香港電影史：1897～1945〔M〕.上海人民出版社，2009.

〔26〕百度百科：蔡楚生〔EB/OL〕，https://baike.baidu.com/item/%E8%94%A1%E6%A5%9A%E7%94%9F/1360787?fr=aladdin〔登陸時間：2020-3-4〕.

〔27〕百度百科：司徒慧敏〔EB/OL〕，https://baike.baidu.com/item/%E5%8F%B8%E5%BE%92%E6%85%A7%E6%95%8F〔登陸時間：2020-3-4〕.

〔28〕百度百科：任彭年〔EB/OL〕，https://baike.baidu.com/item/%E4%BB%BB%E5%BD%AD%E5%B9%B4/10758977?fr=aladdin〔登陸時間：2020-3-4〕.

〔29〕百度百科：鄔麗珠〔EB/OL〕，https://baike.baidu.com/item/%E9%82%AC%E4%B8%BD%E7%8F%A0/5958226?fr=aladdin〔登陸時間：2020-3-4〕.

〔30〕豆瓣.豆瓣電影：王豪〔EB/OL〕，https://movie.douban.com/celebrity/1340203/〔登陸時間：2020-3-4〕.

〔31〕陸茂清.我國首部長故事片《閻瑞生》誕生記〔J〕.上海灘，2004（9）//〔N〕.作家文摘，2004-10-12（03）.

〔32〕反光板.月明公司全部停工〔J〕.開麥拉，1932（118）：1.

〔33〕影人影事：鄔麗珠〔J〕.影與戲，1932，1（24）：4.

〔34〕永生.訪武俠明星鄔麗珠（附照片）〔J〕.新園林，1938（12）：7.

〔34〕女導演〔J〕.青春電影，1949，17（5）：1.

United as One（1939）——The cultural logic and historical contribution of Hong Kong Anti-Japanese War Films

Reading Guide: From July 1937 to the end of 1939, the official film studios in mainland China and Hong Kong private companies produced 41 Anti-Japanese films. Only three films are available now, all of which were produced in Hong Kong. Besides the three films, the other three films produced in mainland China, during the eight years of Anti-Japanese War, from 1937 to 1945, are also available now. Totally six films produced during the eight years of Anti-Japanese War can be seen by audience now. The Anti-Japanese war film is the extension of the national defense film before the war, and the national defense film is the upgraded version of the left-wing film, which is one of the new film forms that appeared in 1932.

The national defense films inherit the theme of Anti-Japanese and the violent struggle of the left-wing films, they have improved or replaced the latter's class nature and class struggle mode with nationality and national liberation war. As an Anti-Japanese war film, *United as One* not only inherits the internal logic, external form and other cultural traditions of Chinese films during the war, but also founds one of the main forms of Hong Kong films at that time.

Keywords: Anti-Japanese War; left-wing film; national defense film; Anti-Japanese war film; *United as One*; Hong Kong film;

圖片說明：中國大陸市場銷售的《萬眾一心》的 DVD 包裝之封面、封底。

圖片說明：中國大陸市場銷售的《萬眾一心》DVD 碟片。

第零三章 《孤島天堂》(1939)——抗戰電影的主流形態及港式表達

圖片說明:中國大陸市場銷售的《孤島天堂》VCD 碟片(「俏佳人系列」)包裝之封面、封底。

閱讀指要:

　　1937 年抗戰全面爆發後,戰前以啟蒙民眾、宣揚抗日救亡為己任的國防電影,成為不受限制地正面表現中國軍民英勇悲壯的反法西斯戰爭的抗戰電影,並成為抗戰文藝的重要組成部分。由於地緣政治和文化生態的不同,1940 年之前的抗戰初期,內地出品的抗戰電影更多地是展現中國軍民正面戰場上的奮勇抗擊和流血犧牲;就現存的、公眾可以看到文本而言,香港的抗戰電影側重表現熱血青年投身游擊戰和刺殺漢奸特務的愛國行為。由於有官方中國電影製片廠投資背景,《孤島天堂》體現出在內地主流電影主導和文化輻射下的香港電影本土化製作特徵。

關鍵詞:《孤島天堂》;國防電影;抗戰電影;文化輻射;香港抗戰電影;

 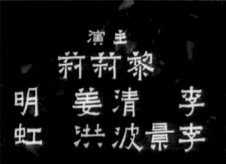

專業鏈接 1：《孤島天堂》（故事片，黑白，有聲，國語），香港大地影業公司
1939 年出品，VCD（雙碟），時長 92 分 51 秒。

>>> 原作：趙英才；編導：蔡楚生；攝影：吳蔚雲。

>>> 主演：黎莉莉（飾東北流亡舞女）、李清（飾神秘殺手）、藍
馬（飾傻子）、李景波（飾啞巴小販）。

專業鏈接 2：原片片頭字幕及演職員表字幕

堂天島孤

任主術技兼片製

予靜羅

造製計設予靜羅

機音錄式音淨

音 錄

任主務劇

六友譚

影 攝

雲 蔚 吳

音 錄 景 佈

義宗顧 堅 葉

理助音錄

光徒司 江 錢

理助影攝

光繼陳

務 事

風子郭

務劇

瑋王　勝福朱

印洗

榮增吳

啟李　熾國黃　添恪黃

記場　輯剪

虹洪　瑋筱錢

明照

倫孫坤羅

樂音場舞

團樂音重自尹請特

奏伴

作原本劇

才英趙

演主

莉莉黎

明姜　清李

虹洪　波景李

演導劇編

生楚蔡

一九一五年—即民國
四年·北洋軍閥袁世凱
竊位·唐繼堯在云南首
先通電反对·革命复起
·安福系余孽·在某孤
島上組織骷髏黨·助紂
为虐·本片所述·为骷
髏黨橫行孤島上时·民
众傾向革命潮流·与一
般社会情形·

專業鏈接 3：影片鏡頭統計

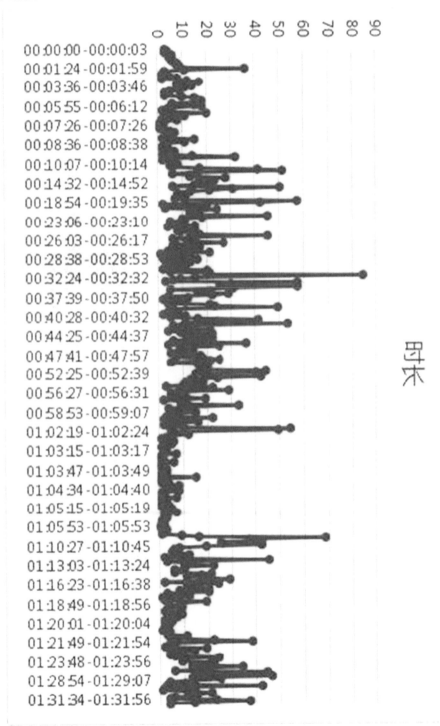

說明：《孤島天堂》全片時長 92 分 51 秒，共 480 個鏡頭。其中：

甲、小於和等於 5 秒的鏡頭 180 個，大於 5 秒、小於和等於 10 秒的鏡頭 108 個，大於 10 秒、小於和等於 15 秒的鏡頭 70 個，大於 15 秒，小於和等於 20 秒的鏡頭 46 個，大於 20 秒、小於和等於 25 秒的鏡頭 34 個，大於 25 秒、小於和等於 30 秒的鏡頭 7 個，大於 30 秒、小於和等於 35 秒的鏡頭 5 個，大於 35 秒、小於和等於 40 秒的鏡頭 6 個，大於 40 秒、小於和等於 45 秒的鏡頭 12 個，大於 45 秒的鏡頭、小於和等於 50 秒的鏡頭 4 個，大於 50 秒的鏡頭 8 個。

乙、片頭鏡頭 13 個，片尾鏡頭 1 個，交代劇情的字幕鏡頭 1 個。

丙、固定鏡頭 367 個，運動鏡頭 98 個。

丁、遠景鏡頭 7 個，全景鏡頭 97 個，中景鏡頭 177 個，近景鏡頭 136 個，特寫鏡頭 57 個。

（數據統計與圖表製作：歐媛媛；複核：劉麗莎）

專業鏈接 4：影片經典字幕與臺詞選輯

（歌詞）：

孤島啊！這裡是地獄還是天堂？這「十里洋場」，圍湧著險惡的巨浪。島上的五百萬人哪。是歡樂是悲傷？這裡是地獄還是天堂？這「十里洋場」，圍湧著險惡的巨浪。島上的五百萬人哪。是歡樂是悲傷？／你看吧：多少人，死掉了妻子與爹娘，多少人，流落在街上。受盡了那飢餓與風霜。還有那：多少人變成匪類，多少人幹趁火打劫的勾當。多少人尚在淫樂場所。忘記了國破家亡！／告訴你：孤島是困苦顛連者的地獄。孤島是醉生夢死者的天堂。這裡籠罩著黑暗的迷惘，這裡看不見聖戰的火光！為什麼你還那樣墮落荒唐？！／快抹去辛酸的眼淚，脫下你華貴的衣裳，好走上保衛民族的前線，掃蕩那漫天遍野的豺狼！快抹去辛酸的眼淚，脫下你華貴的衣裳，好走上保衛民族的前線，掃蕩那漫天遍野的豺狼！

「他奶奶的，你們這些小雜種燒掉我們報紙，什麼道理？」——「什麼道理？憑我們是中國人。」——「我問你，誰給你們這樣做的？」——「是我們自己這樣做的呀。」

「有話好說，給小弟我的面子。」——「他媽的，你有什麼面子？你他媽算老幾？他媽的，你這個死啞巴下次你他媽再多管閒事，我就要你這條狗命。聽到沒有？聽到沒有？」

「又是這個地方一塌糊塗，還要闖禍打架，哼，豈有此理嘛！現在鄉下已經太平了，非常的太平了，你可以回鄉下去了。聽見了沒有？限你們今天就搬回去。」——「我們搬什麼地方去啊？我們搬你家去？」

「這個地方從前本來蠻乾淨的，自從這些難民來了以後簡直弄的是一塌糊塗。」——「我們怎麼了？」

「我們也是沒有辦法了，這時候外邊天氣那麼冷。要是搬了出去，就是不餓死，也要活活的凍死的。」——「那麼可以搬到難民收容所裏頭去啊。」——「先生，這裡的幾個難民收容所我們都去問過了，人早已經擠滿了，怎麼能夠進得去呢？」——「這我可不管，你們欠我幾個月的房錢我也都不要了。」

「大家都是中國人，有什麼急不過氣的呢？可以馬馬虎虎就馬馬虎虎吧。」——「你怎麼不關照我，還幫他們？」

「這些是我們今天費了很大的力氣去弄來的，你看！除掉這四個已經給我們消滅到之外，這個是他們的頭目徐班長，其他這些都是特務。你把每一個面孔都記清楚，這些東西，現在在替匪徒販賣白麵，擄掠我們的婦女，摧殘我們的老百姓，真是無惡不作。所以上頭命令我們在一定時間裏要消滅掉他們，現在記住，第一，馬上想法子找到這些人的線索。第二，我們的同志有些受傷的需要錢。」——「好的，我一定盡我的能力做到。」

「這麼早就走了？不再多玩一會兒？」——「不，醫生說我有神精衰弱病，所以晚上到了十點鐘一定要睡覺。現在已經十點零五分，我非走不可了。」

「噢，就是他呀，上回還登過報紙呢！那他怎麼還敢到外邊去胡搞呢？」——「這就叫做上海的小搗亂，你不知道，他是見一個愛一個，有名的拉稀馬車。聽說呀，他在外面還租有小房子，另外跟個女人同居呢。」

「我要你做我終身的伴侶」——「你算了吧，像你這樣漂亮的人，不知道有多少愛人，還會要我這鄉下女人來做你的終身伴侶嗎？」——「我說的是真心話，你要知道，人家從外表上看，總以為我是個花花公子，靠不住，其實我心比誰都純潔，可是，有誰能夠明瞭我這個？因此，就從來不會有一個人看上了我」——「我不信」——「那麼我發誓好了，要是我已經有……」——「嗯……我不許你這樣」——「你要相信我，永遠的相信我。」

「請坐吧」——「不必客氣了，不過小姐，您這麼晚睡覺，身體一定會不好的，而且電燈光要比鄉下的火油燈光這麼……這麼亮得發白的光，多照起來要傷精神，我看您還是熄了燈等著他吧。」

（歌詞）：

我的家／在東北松花江上／那裡有森林煤礦／還有那／滿山遍野的大豆高粱／我的家在東北松花江上／那裡有我的同胞／還有那衰老的／爹娘//九一八，九一八／從那個悲慘的時候／九一八，九一八／從那個悲慘的時候／脫離了我的家鄉／拋棄了那無盡的寶藏／流浪，流浪／整日價在關內流浪！／哪年哪月，才能夠／回到我那可愛的故鄉？／哪年哪月，才能夠／收回我那無盡的寶藏？／爹娘啊！爹娘啊！／什麼時候／才能歡聚在一堂？！

「我問你，你愛不愛我？」——「我愛你，我像愛每一個同志也像愛我自己的妹妹一樣愛你。」

「我雖然被你看成了一個鐵人，但是，你相信我，我是有人性的，而且我何嘗不愛你？不過，因為我們所負的責任太大了，我們要忍受情感上一切的痛苦，用全部的精神來注意我們的事情，所以，我們要克服」——「是的，你是對的，但是，我們要克服到幾時？」——「克服到我們中華民國得到自由解放的時候。」

「那些賣報的小孩啊，把我們的報紙都拿去燒掉了。現在這個市面上，就沒有人要看我們這個報紙。」——「他們不看嘛，你們要想法子叫他們看。你們說這個報紙是講和平新尚的，是好的報紙。聽見了沒有？我每月多津貼你們一點錢。」

「你是什麼人？快點說出來！」——「我早已跟你們說過了，我是跟每一個中國同胞一樣的中國人！」——「再不招，你的性命就沒

有了。招不招！」——「你讓我招，我就招出來。殺盡無恥的匪徒！中國萬歲！中華民國萬萬歲！」

「陽曆新年你也貼對聯嗎？」——「不錯，現在是文明世界呀。」

「他媽的，怎麼一個狗嘛！」——「我也是一個狗。你不還是一個狗，你不也是一個狗嘛，你也是一個狗！我們大家全是狗。」

「對不起，我不會唱這個歌。」——「哎，《何日君再來》這個歌在此地連三歲的小孩都會唱，您還不會唱嗎？」

「你別只管你自己的房子了。你看我們大家都被欺負成這樣，你還顧你自己。」——「我明白了，我明白了！我也是一個人啊！我怎麼能受這種侮辱啊！我雖然是老了，可是我還有一點用處吧！只要你們說打，我跟著你們幹！你說！你說！」

「別大驚小怪好不好！他媽的你們有種到這邊來！」——「我們是人，不是鬼！我們不到你們鬼那裡去！」

「是的，我們都不回來了。因為這一次的大出動，萬一失敗，我們就犧牲了。要是成功，風聲一定更緊。所以，上頭指示我們暫時去參加後方的游擊工作」——「那麼，我呢？」——「你還過不慣那種艱苦戰鬥的生活。」——「那麼難道還要我過那種非人的生活嗎？」

「中國不會亡的！」

專業鏈接 5：影片觀賞推薦指數：★★☆☆☆

專業鏈接 6：影片學術價值指數：★★★☆☆

甲、前面的話

　　神秘殺手、流亡歌女，激情四射；假面舞會，暗殺、暗殺。

1939 年 9 月 1 日，《申報》消息稱，這部名為《孤島天堂》的影片在香港完成拍攝[1]。10 月 28 日，出品方代表羅靜予攜片至陪都重慶放映[2]，12 月 22 日起，「在香港首輪戲院正式獻映」[3]。有報導稱，「港渝兩地獻映，計在港地中央戲院連映十二天，場場滿座，而在渝地國泰戲院竟連映至十九天，一共五十七場，觀眾超越六萬，盛況殊屬空前」[4]。影片在南洋各地放映時亦有熱烈反響，現場觀眾往往會對影片中「中國是不會亡的」這句臺詞起立鼓掌[5] P81。

影片「成本巨大」，耗費「港幣三萬餘元，以法幣時價計算，在十一二萬間」[1]。原本成本預算是一萬五（港幣），待完成時實際耗用四萬，「營業記錄雖高過普通一般國產影片，總以成果過巨，仍有虧蝕之虞」，結果製片方「大地公司經濟亦陷於非常拮据之中，已開拍之第二部片『白雲故鄉』，不得不暫時停頓」[2]。

需要特別說明的是，出品《孤島天堂》的所謂香港「大地影業公司」，是由 1938 年年底搬遷至重慶的中國電影製片廠（「中製」）在香港建立的「據點」[5] P81。有材料顯示，公司（1993 年）5 月 1 日正式成立[6]。1939 年，由於蔡楚生拍攝《孤島天堂》導致公司「虧蝕」，連累了其後由夏衍編劇、司徒慧敏導演的《白雲故鄉》，致使「大地」於當年年底被停辦，只好回到重慶完成後續[5] P84。這也是為什麼當時的媒體給公映時的《孤島天堂》，冠以《獻映蔣委員長座前 提三項要求解決善後》[2]標題的根本原因——不無邀功、開脫之意。

1939 年的新聞報導，對影片的技術性大力表彰，稱「可與舶來的影片相媲美」[7]。但 1946 年，影片極具現實意義的一點又被特別提到，那就是影片中刺殺漢奸的行為描述和張揚，認為「此片若運滬租界公映無異對敵偽打擊作種種啟示」，引得當時汪精衛駐港代表「向香港『中製』負責人揚言，此片

若到滬必予以焚毀」；只不過，由於「中製」在上海既無「代表」，又無此「意向」，讓「漢奸做賊心虛徒增煩惱耳」。[8]

　　1949 年後至今的中國電影史研究，就我所見，沒有討論《孤島天堂》的專題論文，多是在綜述中提及。譬如 1960 年代，曾對影片中的暗殺行為予以批判，認為「這並不是最好的鬥爭，更不能代表人民有組織、有領導的鬥爭」[5] P84。這個論點其實源自當年中共在重慶的報紙評論——「過分重視了個人英雄主義」、「要爭取民族解放的成功，絕不依靠迅雷疾風般的個人恐怖（如打死一兩個漢奸）」[9]。

　　1990 年代的研究者則在指出影片具有「現實意義」的同時，認為影片「在較大程度上改變了香港影壇的趣味主義創作作風」[10]。在我看來，《孤島天堂》的歷史與現實意義，恰恰在於其倡導和表現的「個人英雄主義」，更何況，影片最後明確地表明，愛國青年們在完成刺殺任務後，「順利地按照原計劃，越牆轉移，參加了游擊隊」[5] P84。考察其生成背景就會發現，《孤島天堂》既是抗戰全面爆發後中國抗戰電影的重要組成部分，同時也是由上海至香港的中國電影文化本土化即香港化的結果體現。

乙、1940 年之前「國統區」抗戰電影的形態特徵

1937 年 7 月抗戰全面爆發後，作為中國電影中心的上海，電影界於當月迅疾成立「電影界工作人協會」和「中國電影界救亡協會」，8 月，又成立「上海電影編劇導演人協會」，「督促國防電影大量生產」[5] P6。但三個月後的 11 月底，除外國租界外，上海被日軍攻陷；至 1941 年 12 月太平洋戰爭爆發日軍進入租界、上海全面淪陷前，四年間的上海，史稱「孤島」（時期）[5] P94～95。

這一時期上海出品的電影，即為「孤島」電影[5] P94；前後計有大約 20 家電影公司，出產了 257 部影片[5] P429～461；至日本投降的 1945 年，又有 100 多部影片出品[5] P117～118。顯然，「孤島」時期的上海不會、也不被允許有直接表現中國軍民抗擊日本侵略的國防電影或抗戰電影（全部淪陷後更是如此），只有復活的舊電影形態即舊市民電影，以及當年在左翼電影之後出現的新電影即新市民電影和國粹電影，能夠存在並得到畸形繁榮發展。[11]

1937 年 12 月南京淪陷—此前，民國政府首都已南遷。1938 年 1 月，「中華全國電影界抗敵協會」在武漢成立，宣言「要使電影『服務抗戰宣傳』」[5] P16～17。就故事片生產而言，在 1938 年 10 月武漢淪陷前，由原「漢口攝影場」改組擴充而來的官方中國電影製片廠（即「中製」），先後一共出品了三部故事片：《保衛我們的土地》（1 月）、《熱血忠魂》（4 月）、《八百壯士》（7 月）[5] P19～24。

史東山編導的《保衛我們的土地》反映的是軍民一體，奮起抗擊日軍侵略的戰鬥事蹟。作為抗戰全面爆發後「完成的第一部表現抗戰的故事片」，它和以前國防電影最大的區別，在於「正面地描寫了抗日戰爭，而不再是採取語言、象徵、暗示、影射的形式」[5] P18～19。譬如這部影片中的哥哥是主張抗戰、覺醒了的民眾代表，最後打死了當漢奸的弟弟[5] P18～19。

　　出身底層的民眾尤其是農民階級，以往都是左翼電影的正面人物形象：其階級性決定了其最早覺醒並呼籲抗日救亡，而且往往是一人覺醒，帶動全體，譬如《野玫瑰》（1932）〔註1〕；甚至還會啟蒙、感化婚外戀人，譬如《小玩意》（1932）〔註2〕。《保衛我們的土地》基本都是這個模式，其中的大義滅親情節，其實是出自左翼電影的升級換代版，即抗戰全面爆發前的國防電影，譬如《青年進行曲》。〔註3〕

　　《熱血忠魂》的主人公，是一位戰鬥在抗日前線的國軍高級軍官（旅長）；在他的家鄉，日軍無差別地屠殺男女老幼、姦淫婦女；面對民眾「我是好老百姓呀！東洋老爺」的哀求，日寇的回答是：「無論你是好百姓不好百姓，只要是中國人，我們就要殺」；待主人公帶領部隊打回家鄉時，發現自己一家老小都被日軍殺害[5]P22。

　　本片編導袁叢美曾作為二號男主，參演過多部左翼電影，譬如1932年的《火山情血》〔註4〕、《奮鬥》〔註5〕，1933年的《天明》和《小玩意》。他曾直言，「『國防電影』所以重要，是因為它能夠『啟迪千百萬落後大眾的愚笨』」，影片中的「這般愚民」，是「跟不上時代、缺乏民族意識的民眾」[12]。現在看來，無論是從啟蒙即現代民族國家的視角，還是作為藝術的電影表達來說，袁叢美的意見並沒有歷史性錯誤，而且現實意義猶在，其言辭是尖銳的，又是獨到的。只因為他1949年到臺灣，隨後又出任官方電影製片廠廠長[13]，因此，1960年代的大陸電影史研究就斥責《熱血忠魂》「醜化群眾」、抬高國軍地位[5]P23~24，評價甚低。

〔註1〕這部影片的具體信息以及我的討論意見題目，祈參見本書《導論》〔註1〕。
〔註2〕這部影片的具體信息以及我的討論意見題目，祈參見本書《導論》〔註8〕。
〔註3〕這部影片的具體信息以及我的討論意見題目，祈參見本書《導論》〔註20〕。
〔註4〕這部影片的具體信息以及我的討論意見題目，祈參見本書《導論》〔註2〕。
〔註5〕這部影片的具體信息以及我的討論意見題目，祈參見本書《導論》〔註3〕。

　　《八百壯士》取材於一年前「淞滬會戰」（1937.8.13～11.11）中一個悲壯的真實事件。在中方「傷亡巨大，敗相已露」，繼而撤出絕大多數部隊情形下，最高當局為「贏得國際社會的同情與支持」，命令八十八師五二四團團副謝晉元中校率領第一營 400 多名戰士（為迷惑敵人，對外宣稱八百），據守蘇州河北岸的四行倉庫；四天四夜頑強阻擊後，奉命撤出，但根據租界與日方達成的協議，被解除武裝，送入租界西部的意大利防區隔離收容；1941 年 4 月，謝中校被汪偽漢奸刺殺；年底太平洋戰爭爆發後，日軍進入租界，先是將剩餘官兵關進監獄，不久又將其分散至各地乃至海外充當苦力；1946 年抗戰勝利後，僅存的 100 多人才陸續返回上海[14]。

　　陽翰笙編劇、應雲衛導演的這部影片，完成於保衛四行倉庫的中國守軍被租界當局扣押之時。因此，影片選取和著重表現的是國軍「堅強勇敢、不畏犧牲、誓與國土共存亡的戰鬥精神」，以及上海各界民眾的愛國熱情和支持，尤其是女童子軍楊惠敏「冒險送去中國國旗的情節和場面」[5] P24。在國統區上映後，更是「發揮了很好的鼓舞人民抗戰的教育作用」[5] P25。

　　1939 年，於一年前遷址至重慶[5] P40 的「中製」，只出品了兩部故事片。一是何非光編導的《保家鄉》，「以日本侵略者在淪陷區的暴行和軍民抗戰為

題材」，雖然「表現了中國人民反抗侵略、保衛家鄉的決心」，但「影片過分宣傳了戰爭的恐怖。過分強調了敵人的威力」[5]P42。二是史東山編導的《好丈夫》，反映的是四川農村動員民眾參軍抗日，肯定了農民的樸素，也揭露了鄉紳惡霸「貪污行賄、破壞抗戰的罪惡事實」[5]P42。

抗戰期間，國統區的官方電影製片廠，除了隸屬於國家「軍事委員會政治部」的「中製」[5]P18，還有歸「中央宣傳部」直屬的中央電影攝影廠[5]P59。八年抗戰期間，「中電」只拍攝了三部故事片[5]P422，其中兩部完成於 1939 年。

4 月完成的是徐蘇靈編導的《孤城喋血》，反映的是「八・一三」淞滬會戰中國軍「死守寶山城的事蹟」，「描寫了抗戰初期中國軍隊下級官兵和人民群眾的愛國熱情和戰鬥精神」[5]P59~60。9 月完成的第二部，是沈西苓編導、由四個短片組成的《中華兒女》：《一個農民的覺醒》的主人公為復仇參加抗日游擊隊，第二個故事講主人公拒絕當漢奸，最後和日軍同歸於盡，第三個名為《抗戰中的戀愛》，主人公被血的現實喚醒後投身抗日，第四個《游擊女戰士》講愛國青年和敵軍鬥智鬥勇[5]P60~61。

總結 1938～1939 年國統區的電影生產即會發現，抗戰初期——後來的事實證明，整個抗戰期間都是如此——電影只有一種形態，那就是由戰前國防電影轉化而來的抗戰電影，即「正面地描寫了抗日戰爭，而不再是採取語言、象徵、暗示、影射的形式」[5]P18~19。

抗戰電影在全面表現國軍英勇抗戰、反映軍民共赴國難、鼓舞全國上下士氣和揭露日軍殘暴行徑的同時，也揭示自身諸多社會醜惡現象，譬如劣紳對民眾的欺壓、漢奸的賣國行徑等。最後一點即漢奸形象，幾乎在所有的抗戰電影中都有體現。顯然，這是討論《孤島天壇》文化生態尤其是電影生態的前提，也是在讀解這部影片需要明瞭編導意圖的一個切入點。

丙、《孤島天堂》：1940 年前香港抗戰電影的縮影

據統計，從 1932 年至 1937 年 7 月抗戰全面爆發，中國先後共有 65 家製片公司，出品了 380 部故事片——這個數據不包括香港[15] P540～635。而這一時期的香港，有包括抗戰全面爆發當年從上海遷來的「天一影片」（後改名為「南洋」）在內大約 50 家製片公司[5] P75。雖然無法獲知出產的影片數量，但僅從製片規模上講，此時的香港，早已超越大部分內地大城市如北平、天津、廣州——東北的哈爾濱、長春屬於日本卵翼下的偽滿，不在此列——具備了中國次電影中心的基礎。

首先，從 1910 年代，香港電影即與中國電影中心——上海同步發展，譬如中國第一批、兩部短故事片之一的《莊子試妻》（1913）即出自香港[15] P28。而此片的編導兼主演黎民偉在十年後北上上海，參與創立了 1930 年代中國三大製片公司之一的聯華影業公司（其他兩個，分別是明星影片公司、天一影片公司）。直到 1930 年代，始終以出產舊電影即舊市民電影為主，而舊市民電影是新電影出現之前中國電影的唯一主流形態[16]。1930 年代初期新電影如左翼電影出現後，香港即有所反應和應和[5] P75。

其次，1910 年代的香港電影如《莊子試妻》就出口海外[15] P28。1930 年代國產有聲電影出現後，香港出品的粵語片，其市場除港、澳與廣東、福建部分外，還有「包括馬來西亞、新加坡、暹羅、爪哇、緬甸、菲律賓以及澳大利亞及南、北美洲等」國家[5] P77。而上海出品的國產電影，也都有海外市場的記錄。譬如最早輸入美國麻省的，據稱是《姊妹花》（1933）[17]，其後進入美國的，依次是《惡鄰》（1933）[18] 和《天倫》（1935）[19]。換言之，香港電影始終受到內地主流電影的文化輻射。

　　因此，1937 年抗戰全面爆發後，香港電影界不僅在第一時間開展救亡活動，同時大批量出品抗日題材的影片（粵語）。據不完全統計，到 1939 年年底，至少出品了 26 部[5]P423~428。而從 1940 年年產 83 部的數量推算，1937～1939 年的影片出品數量，應該不會低於這個數字。作為對比，「孤島」時期的上海，這兩年間有 7 家公司，出片數量也不過是 69 部[5]P18~19）。難怪香港電影界有人認為，上海淪陷後的香港，「已成為『中國電影的中心』」[5]P77。

　　迄今為止，現存的、公眾可以看到的 1937 年至 1945 年的抗戰影片只有 6 部，其中，國統區出品的有 3 部，即《東亞之光》（1940）、《塞上風雲》（1940）和《日本間諜》（1943）[註6]，香港出品的有 3 部，依次是 1938 年的《游擊進行曲》（《正氣歌》，啟明影業公司）、1939 年的《萬眾一心》（新世紀影片公司）[註7]，以及這裡展開討論的《孤島天堂》。

〔註 6〕《東亞之光》、《塞上風雲》和《日本間諜》的詳細信息以及我的具體討論意見，祈參見本書第肆章、第伍章和第陸章。
〔註 7〕《游擊進行曲》和《萬眾一心》的具體信息以及我對兩部影片的具體讀解意見，祈參見本書第壹章、第貳章。

　　考察香港的文化生態尤其是電影發展的歷史背景，繼而檢索現存的、公眾可以看到的影片文本就會發現，作為香港製作的抗戰電影，首要的特徵，是在主題、題材鮮明，啟蒙與宣傳並重、吶喊與救亡同步的前提下，香港抗戰電影與內地出產的抗戰電影有著先天性的切入角度的不同或曰差異。

　　抗戰期間的內地，既是抗擊日本侵略的廣闊主戰場，又是左翼電影、國防電影尤其是抗戰電影生成、發育和成長、壯大之地、用武之所，對日本侵略和抗戰有著直接的切身感受和慘痛體驗，國破家亡，近在眼前。因此，內地抗戰電影的表現基本都是直接的場景、全面的角度，激揚當中不乏沉痛。〔註8〕

　　而由於香港的淪陷，發生於1941年年底太平洋戰爭爆發後，因此香港的抗戰電影，從一開始就必然具有因為地域、空間上的隔絕，或曰地緣政治限定帶來的不同視角，也就是不同的切入角度。這就是為什麼《游擊進行曲》和《萬眾一心》都沒有或無法表現正面戰場作戰，都是表現游擊戰的根本原因。也正因為如此，《孤島天堂》把游擊戰作為背景性存在，表現重心是暗殺敵偽漢奸的地下鬥爭，是更為隱蔽的暴力抗戰形式。《孤島天堂》的這種特點，與其說是港英當局對香港製作抗戰電影的約束控制，倒不如說是香港本土文化決定了這一特殊的表現形式。〔註9〕

　　香港租界的歷史始於1898年6月9日（《展拓香港界址專條》），上海始於1845年11月29日（《上海土地章程》）。香港的租界史雖然較上海晚了四十多年，但二者有著本質相同相似的本土文化生成背景，即建立於現代性和都市性基礎上的複雜性：東西、中外、南北，本土與外來，各種勢力互滲、錯綜、交集、流變，盤根錯節、死生相依。每股勢力乃至每個個體都有幾個面具，戰爭時期尤其如此。因此，《孤島天堂》中的抗日理念和行為，明確地傳達出這「孤島」不是歷史而是當下，看似此在實則是內地。

〔註8〕就現存的、公眾可以看到的抗戰電影而言，最大的，或者說唯一的缺憾，就是由於戰時物質、資金，以及時間、心態的侷限，同時又因為電影是為抗戰直接服務的抗戰文藝的一部分，因此大多製作不無倉促，缺乏經典——除此之外，抗戰勝利之後的兩黨對決，在幾十年裏對這一段時間的電影評價產生了不可挽回的消極影響和根本傷害。

〔註9〕好比1949年尤其是1970年代以後的香港電影，最擅長的題材之一就是黑社會題材，即使像廉政風暴這樣的正義力量的介入，它也要從黑社會的角度去反映，其根本原因在於其本土文化。

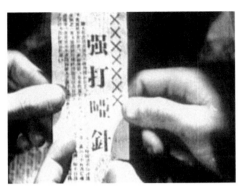

其次，香港的抗戰電影，就《孤島天堂》而言，體現著港式諸元素的合成。其香港視角又有兩大基本構成元素。其一是平視民間的反映角度，即城市底層或曰草根階層的生存狀態和行為意識及其生存空間展示的實時、即時反映，販夫走卒、引車賣漿者流無不聚集、亮相於此。其二是男女情緣的亂世傳奇，即使是神聖如全民抗戰——越是國難當頭，男女情怨越是不可或缺，即所謂亂世情緣、離亂身世與血雨腥風多有疊加、交集。所以，作為男主角，影片中的神秘殺手不僅要蒙面、行蹤飄忽不定，而且一定要有美麗女性的青睞。

作為女主人公，她不僅美麗，而且身份又一定不能是良家出身——影片安排的是職業舞女，而且是來自「九‧一八」事變後的東北地區。這個人物的設定有著堅實的歷史基礎：東北淪陷後，就大批青年男女尤其是知識青年、愛國志士流亡關內，其中很多湧向上海這樣的大城市；為了生存，很多青年女子成為職業門檻極低的舞女。當年的左翼電影如 1935 年的《風雲兒女》〔註10〕，新市民電影如 1936 年的《新舊上海》〔註11〕，都有這樣的女性人物。所以，《孤島天堂》才有女主人公哭泣著吟唱「我的家，在東北松花江上……」的場景設計。

〔註10〕 這部影片的具體信息以及我的討論意見題目，祈參見本書《導論》〔註14〕。
〔註11〕 《新舊上海》（故事片，黑白，有聲），明星影片公司 1936 年出品；VCD（雙碟），時長 101 分 52 秒；編劇：洪深；導演：程步高；攝影：董克毅；主演：王獻齋、舒繡文、薛秋霞、黃耐霜、譚志遠。我對這部影片的具體討論意見，祈參見拙作：《1936 年：有聲片〈新舊上海〉讀解——中國左翼電影轉型、分流後現存唯一的新市民電影》（載《汕頭大學學報》2008 年第 2 期），其完全版和未刪節版（配圖），先後收入《黑白膠片的文化時態——1922～1936 年中國早期電影現存文本讀解》和《黑皮鞋：抗戰爆發前的新市民電影——1933～1937 年現存中國電影文本讀解》（上下冊，臺灣花木蘭文化出版社 2016 年 9 月版），敬請參閱。

　　作為香港抗戰電影的代表性縮影之一，《孤島天堂》的第三個特徵，就是對時政的迅速反應和即時呈現。《孤島天堂》的抗戰主題自不待言，關鍵是其題材的特殊性。影片中的殺手並非個體的、單獨的盲動，而是有計劃、有組織的暗殺行動。這個人物及其行為意識，依然有著堅實的社會現實背景。抗戰全面爆發後，除了國軍在正面戰場上奮勇抗擊，在敵後、淪陷區，暗殺敵偽也是抗戰的重要組成部分。

　　資料顯示，戴笠負責的「軍統局」1938 年成立後[20]，人數由過去的兩千多人，擴充到五萬多[21]P85，「『團隊』的使命是保衛國家政權」[21]P30，「『行動』，包羅了……譬如逮捕、刑訊、暗殺、綁架、縱火、偷盜等各種破壞活動」[21]P66。「為了恐嚇投敵分子，從 1939 年到 1940 年間，軍統在上海進行了一系列暗殺漢奸行動」[22]P98。「據統計，從 1937 年 8 月到 1941 年 10 月，戴笠的人在相對安全的上海外國租界進行了至少 150 起暗殺行動」[22]P102。

　　顯然，成為「孤島」的上海是暗殺行動的重點地區，而《孤島天堂》的完成時間是 1939 年，處於行動高峰前後區段。因此，當年的《孤島天堂》其實並沒有、也不應該完全被當作故事片來看待，其紀實性也就是對當下時政的迅疾反映，實際上是一個號召、鼓舞民眾，以各種形式奮勇參與抗日的宣傳片。

　　1960 年代的中國電影史研究，雖然承認作為殺手的「神秘青年」，「在孤島生活中，這種從事暗殺敵人的人確實是有的」，但又指責「這並不是最好的鬥爭，更不能代表人民群眾有組織、有領導的鬥爭。作者對這個人物只有稱讚，沒有批判，就不恰當了」[5]P81。顯然，這種評論有違歷史真實。

丁、結語

幾十年來，一般說來，人們對香港電影的最深和最普通的印象，除了武打，就是港式噱頭和鬧劇；似乎香港電影有一種神奇的東西，即使是涉及意識形態也都能以搞笑的形式表現出來，讓觀眾看得不亦樂乎。譬如《孤島天堂》中有一場戲，一群報童圍著圈「不成調地唱起地唱《義勇軍進行曲》」[5] P81，這場戲看上去似乎不成體統，現在的電影大概率也不會這麼表現。但回到歷史語境就要明白，這不過是五年前《風雲兒女》的插曲，抗戰爆發前後才開始流行，成為「代國歌」是十年以後的事情。

其實香港電影的這種品質性印象譬如打鬥、噱頭和鬧劇等低俗品質和傳統其來有自，來源於早期中國電影——1930 年代初期新電影出現之前的舊電影即舊市民電影。本片的編導蔡楚生 1920 年代末期進入電影界[15] P257，1932 年的代表作是舊市民電影《南國之春》〔註 12〕。一年後，有條件地抽取借助左翼電影思想元素的新市民電影出現，其標誌是中國有聲片時代的第一部高票房電影《姊妹花》(1933)〔註 13〕，而第二部高票房電影《漁光曲》(1934)

〔註12〕《南國之春》(故事片，黑白，無聲)，聯華影業公司 1932 年出品；VCD (雙碟)，時長 78 分 34 秒；編劇、導演：蔡楚生；攝影：周克；主演：高占非、陳燕燕、葉娟娟、劉繼群、宗惟賡、陳少英、蔣君超、李紅紅。我對這部影片的具體討論意見，祈參見拙作：《論舊市民電影〈啼笑因緣〉的老和〈南國之春〉的新》(載《揚子江評論》2007 年第 2 期)，其完全版和未刪節版 (配圖)，先後收入《黑白膠片的文化時態——1922～1936 年中國早期電影現存文本讀解》和《黑棉襖：民國文化中的舊市民電影——1922～1931 年現存中國電影文本讀解》(上下冊，「民國文化與文學研究」文叢第三編第十一、十二冊，臺灣花木蘭文化出版社 2014 年 9 月版)，敬請參閱。

〔註13〕《姊妹花》(故事片，黑白，有聲)，明星影片公司 1933 年出品，；VCD (雙碟)，時長：81 分 9 秒；編劇、導演：鄭正秋；攝影：董克毅；主演：胡蝶、宣景琳、鄭小秋、譚志遠。我對這部影片的具體討論意見，祈參見拙作：《雅、

〔註 14〕就出自蔡楚生之手。現存的、公眾可以看到的 6 部抗戰電影中，蔡楚生一人就參與了兩部的製作，可謂再立新功。

抗戰爆發後英國並沒有對日宣戰，但是港英當局對香港的抗日影片不無阻撓。譬如 1938 年拍攝的《游擊進行曲》（編劇：蔡楚生、司徒慧敏；導演：司徒慧敏），直到三年後影片做了刪剪並改名《正氣歌》後才允許放映[5] P77。這也是為什麼 1939 年的《孤島天堂》在片頭將故事背景明確標示在「1915 年——即民國四年」時期的原因，雖然，誰都看得出指的就是已淪為「孤島」的上海，更何況，影片中熱血青年刺殺漢奸特務的行動，直接與「軍統」對日偽統治頻繁襲擾的實際情形相對應。至於影片的高潮戲份——新年假面舞會紙醉金迷、帥哥靚女雲集的場面，相信香港觀眾早就從 1935 年的中國第一部喜劇音樂片《都市風光》[5] 391 那裡見識過了。〔註 15〕

俗文化互滲背景下的〈姊妹花〉》（載《當代電影》2008 年第 5 期），其完全版和未刪節版（配圖），先後收入《黑白膠片的文化時態——1922～1936 年中國早期電影現存文本讀解》和《黑皮鞋：抗戰爆發前的新市民電影——1933～1937 年現存中國電影文本讀解》，敬請參閱。

〔註 14〕《漁光曲》（故事片，黑白，配音，殘片），聯華影業公司上海第二製片廠攝製，1934 年出品；CD（單碟），時長：56 分 6 秒；編劇、導演：蔡楚生；攝影：周克；主演：王人美、羅朋、湯天繡、韓蘭根、談瑛、尚冠武、裘逸葦。我對這部影片的最新具體討論意見，祈參見拙作：《新市民電影：超階級的人性觀照和新電影視聽模式的構建——配音片〈漁光曲〉（1934 年）再讀解》（載《電影評介》2016 年第 18 期（總第 548 期，貴陽，半月刊）。

〔註 15〕《都市風光》（故事片，黑白，有聲），電通影片公司 1935 年出品；VCD（雙碟），時長：92 分 29 秒；編劇、導演：袁牧之；攝影：吳印咸；主演：張新珠、唐納、白璐、顧夢鶴、周伯勳、吳茵。我對這部影片的具體討論意見，其完全版和未刪節版（配圖），祈分別參見《黑白膠片的文化時態——1922～1936 年中國早期電影現存文本讀解》和《黑皮鞋：抗戰爆發前的新市民電影——1933～1937 年現存中國電影文本讀解》兩書相關章節。

　　出品《孤島天堂》的大地影業公司，由於背後的投資者是內地官辦的中國電影製片廠，來自內地的編導蔡楚生，一年前又剛與司徒慧敏合作過同樣是港產抗戰電影的《游擊進行曲》，因此，《孤島天堂》自然具有內地電影和港產特徵的雙重品質——實際上是前者主導下的本土化製作。所以，《孤島天堂》不是內地抗戰電影的路數，或者說路徑差異明顯。顯然，這是中國內地主流電影製作理念和當地文化生態環境雙重制約的結果。但是，《孤島天堂》毫無疑問具備中國抗戰電影的所有基本品質，只不過出產於香港——這一點，同樣適合於《游擊進行曲》和《萬眾一心》。

　　只不過，雖然同樣是有租界歷史背景，香港畢竟不是戰火中的上海。因此，即使在抗戰全面爆發後的兩年間，港產影片（粵語）中的抗戰題材也是少數[5] P86；到 1939 年，因為內容欠佳、票房不高，抗戰題材影片的製作熱潮開始消退，又恢復到抗戰爆發前的局面[5] P87，即舊市民電影全面回潮。抗戰期間的中國文藝作品，都可以視為在「救亡壓倒一切」[23] P446 前提下鼓舞人心的「抗戰文藝」[23] P445~446，1940 年之前的抗戰初期尤其如此，香港並沒有例外。

戊、多餘的話

子、政府審查的智商稅

　　在抗戰還未結束的 1943 年，國民黨「中央圖書雜誌審查委員會」呈文政府查禁八首電影插曲：「其中，《漁光曲》被認為『消沉勞動者工作興趣。怨恨政府稅重，有鼓吹怠工、反抗租稅之嫌』而『無流行必要』；影片《勝利進行曲》主題歌歌詞中的『我們有鋤頭，他有大炮坦克奈我何』二句『意識不正確，應予刪除』；影片《孤島天堂》的主題歌，歌詞『這裡看不見抗戰的火

光』一句，『意識模糊』，應改成『這是抗戰必爭的疆場』，另一句『脫下你華貴的衣裳』，有『強調階級意識之嫌』，應改為『豎起你熱烈的胸膛』」。[5]P121

專制政府審查機關及其老爺們的智商，在哪個時代都有雷人兼搞笑的效果，且前赴後繼、經久不息。

丑、被人為屏蔽的影像資料

現在公眾看到的《孤島天堂》是國語而不是粵語，推測當年在香港和海外放映的是粵語版，帶回內地公映的應該是原聲版。但對白和臺詞大部分聽不清楚，（這與1937年的《前臺與後臺》相似[註16]），畫面質量尤其糟糕，除了不斷有長時間的陰影遮擋滑過之外，當初膠片轉成VCD時，肯定發生了技術性錯誤。譬如，影片的高潮顯然是新年舞會上對漢奸的暗殺，但這一場戲卻明顯前置。所以，影片的結尾，就有點讓人莫名其妙。

1949年之前的中國電影，現今留給研究者的困惑並非觀念或學理辨析問題，而是能夠看到的影像文本太過稀少。早在2009年，中國電影資料館負責人就公開表示：「現在我們能夠看到的1949年以前的中國電影只有二百多部。……中國電影資料館現存的1949年前的中國電影應該在380～390部左右。也就是說，加上殘缺不全的和不能放映的，至少還有100部以上的電影可以挖掘」[24]。所以，有資深研究者一再呼籲：「資料開放，資源共享！」[25]

[註16]《前臺與後臺》（短故事片，黑白，有聲），聯華影業公司1937年出品；VCD
　　　（單碟），時長37分鐘07秒；編劇：費穆；導演：周翼華；攝影：黃紹芬；
　　　主演：寧萱、張琬、傅繼秋、裴沖、劉瓊。我對這部影片的具體討論意見，
　　　祈參見拙作：《〈前臺與後臺〉：1937年的新市民電影——抗戰全面爆發前國產
　　　電影對民族精神與文化傳統的開掘與展示》（載《浙江傳媒學院學報》2011
　　　年第1期），其完全版後和未刪節版（配圖），先後收入《黑夜到來之前的中
　　　國電影——1937年現存國產影片文本讀解》和《黑棉褲：抗戰全面爆發前的
　　　國粹電影——1934～1937年現存文本讀解》（臺灣花木蘭文化出版社2021年
　　　即出），敬請參閱。

寅、羅靜予和黎莉莉

1935 年，中國電影製片廠在漢口成立時，羅靜予（1911～1970）就是副廠長；1938 年，「中製」本打算在香港設立分廠，但當時持「中立」立場的港英當局「怕得罪日本人，不得以官方的名義在香港設廠」，這才有香港大地影業公司[26] P75。抗戰勝利後，受時任「軍事委員會」政治部部長張治中之命，接任「中製」廠長[26] P77。

拍攝《孤島天堂》時，羅靜予是製片、技術主任兼設計製造（見《演職員表》），女主演是黎莉莉（（1915～2005））。根據黎莉莉「我和靜予三十二年的共同生活」這句話[26] P73，他倆應該是 1938 年結婚。影片開拍時，黎莉莉已有七個月的身孕[26] P74。有意思的是，本片的錄音助理錢江，是黎莉莉的弟弟，也就是羅靜予的妻弟。因此，《孤島天堂》可以說是伉儷、姐弟共同為抗戰電影貢獻力量的藝術性證明。

卯、偉大的製片主任

從羅靜予以製片人身份兼任影片技術主任的專業的、低調的做法，讓我不禁想起 1930 年代中國三大製片公司之一的聯華影業公司（1929～1936）的掌門之一、靈魂人物黎民偉（1893～1953）。作為中國第一批短故事片的編導、

第一位男扮女裝的男演員、孫中山的御用攝影師，黎民偉無論是在「聯華」時期，還是之前的「民新」公司，身為老闆，出現在《演職員表》中的身份永遠是「製片主任」；而黎民偉的二太太林楚楚（1904～1979），始終是「民新」—「聯華」的當家第一女主演。

　　起始於上海的聯華影業公司，是第一個從舊電影即舊市民電影形態脫身，開創了並引領了包括左翼電影在內的新電影時代的偉大的中國現代化製片公司。公司在兩位香港居民黎民偉、羅明祐（1900～1967）執掌時期，成就了一批中國第一流的編導譬如孫瑜（1900～1990）、史東山（1902～1955）、吳永剛（1907～1982）、費穆（1906～1951）等；其中，孫瑜又為「聯華」提攜培養了一批新一代第一流的女明星，譬如阮玲玉（1910～1935）、王人美（1914～1987）、黎莉莉……。〔註17〕

初稿時間：2005 年 5 月 22 日

初稿錄入：呂月華

二稿修改：2007 年 6 月 30 日

三稿配圖：2020 年 1 月 27 日～2 月 25 日

參考文獻：

〔1〕代尼.香港「大地」第一炮「孤島天堂」功德圓滿 白雲故鄉亦已開拍〔N〕.申報，1939-09-01（18），第 23530 期.

〔註17〕本章正文的主體部分（無配圖且不包括戊、多餘的話），收入本輯前，曾以《抗戰文藝中抗戰電影的主流形態及香港抗戰電影的個案表達——兼析〈孤島天堂〉（1939）》為題（約 12000 字）向外投稿，先後被兩家雜誌退稿，今年 2 月投寄《北京電影學院學報》，刊 2020 年第 6 期。下方無文字說明的圖片，均為《孤島天堂》截圖。特此申明。

〔2〕翠屏.羅靜予攜《孤島天堂》赴渝 獻映蔣委員長座前 提三項要求解決善後〔N〕.申報，1939-10-28（14），第 23586 期.

〔3〕記者.孤島天堂訊〔J〕.青青電影，1939〔4 卷〕（39）：7.

〔4〕記者.羅靜予將偕黎莉莉赴星州，接洽孤島天堂映權〔J〕.青青電影，1940〔4 卷〕（40）：16.

〔5〕程季華.中國電影發展史：第 2 卷〔M〕.北京：中國電影出版社，1963.

〔6〕記者.香港新聞：孤島天堂公映瑣記〔J〕.青青電影，1939〔4 卷〕（27）：14.

〔7〕記者.大地影業公司第一部影片：孤島天堂〔J〕.青青電影，1939〔4 卷〕（12）：16.

〔8〕記者.「孤島天堂」未來孤島〔J〕.今日電影，1946（56）：1.

〔9〕畢克尚.《孤島天堂》觀後〔N〕.新華日報，1939-10-10//程季華.中國電影發展史：第 2 卷〔M〕.北京：中國電影出版社，1963：81.

〔10〕陸弘石，舒曉鳴.中國電影史〔M〕.北京：文化藝術出版社，1998：65.

〔11〕袁慶豐.紅色經典電影的歷史流變——從左翼電影、國防電影和抗戰電影說起〔J〕.學術界，2020（1）：170～177.

〔12〕袁叢美.《熱血忠魂》之話〔J〕.抗戰電影（創刊號）//程季華.中國電影發展史：第 2 卷〔M〕.北京：中國電影出版社，1963：23.

〔13〕百度百科：袁叢美〔EB/OL〕，https://baike.baidu.com/item/%E8%A2%81%E4%B8%9B%E7%BE%8E/1996846?fr=aladdin〔登陸時間：2020-2-4〕

〔14〕百度百科：四行倉庫保衛戰〔EB/OL〕，https://baike.baidu.com/item/四行倉庫保衛戰/8979110〔登陸時間：2020-2-4〕

〔15〕程季華.中國電影發展史：第 1 卷〔M〕.北京：中國電影出版社，1963.

〔16〕袁慶豐.舊市民電影的總體特徵——1922～1931 年中國早期電影概論〔J〕.浙江傳媒學院學報，2013（3）：70～74.

〔17〕林雲之.中華民國電影史（上）〔M〕.臺北：行政院文化建設委員會，1988：300.

〔18〕程銳，程鴻彬，畢華.「東方女俠」鄔麗珠//影視趣聞錄〔M〕.武漢：湖北教育出版社，1995：292.

〔19〕酈蘇元，胡菊彬.中國無聲電影史〔M〕.北京：中國電影出版社，1996：383.

〔20〕王曉豔.神秘人物戴笠及其領導的特工組織〔J〕.文史月刊，2006（5）：61～64.

〔21〕潘醉口述，沈美娟整理.潘醉回憶錄：我的特務生涯〔M〕.北京：中國文史出版社，2010.

〔22〕葉文心，張和聲.城市中的戰爭與地下抗戰——抗日戰爭時期中國特工秘密機構的俠義之風〔J〕.史林，2004（3）.

〔23〕錢理群，吳福輝，溫儒敏.中國現代文學三十年（修訂本）〔M〕.北京：北京大學出版社，1998.

〔24〕饒曙光.關於深化中國電影史研究的斷想〔J〕.北京：當代電影，2009（4）：72.

〔25〕酈蘇元.走近電影，走近歷史〔J〕.北京：當代電影，2009（4）：63.

〔26〕黎莉莉.行雲流水篇：回憶、追念、影存〔M〕.北京：中國電影出版社，2001.

The Mainstream Form of Anti-Japanese Films in Anti-Japanese Literature and Art and Hong Kong's Anti-Japanese Films——A Case Study on Island Paradise (1939)

Reading Guide: After the outbreak of the Anti-Japanese war in 1937, the national defense films, which aimed to enlighten the people and promote anti-Japanese salvation before the war, became the anti-fascist films that showed the heroic and tragic anti-fascist war of Chinese army and people, and became an important part of the Anti-Japanese literature and art. Due to the differences in geopolitics and cultural ecology, in the early days of the Anti-Japanese War before 1940, the Anti-Japanese war films produced by the Mainland mainly showed the brave resistance and bloody sacrifice on the front battlefield of the Chinese army and people; as far as the existing films that people can see, Hong Kong's Anti-Japanese war films focused on the patriotic behavior of the young people who devoted themselves to guerrilla warfare and assassinating the traitors and spies. Due to the investment from the official Chinese film studio, the *Island Paradise* embodies the characteristics of localized production impacted by the leading role of mainstream films and cultural radiation from Mainland.

Keywords: *Island Paradise*; national defense film; anti-Japanese war film; cultural radiation; Hong Kong Anti-Japanese war film;

圖片說明：中國大陸市場銷售的《孤島天堂》VCD碟片（「俏
佳人系列」）之一、之二。

第零肆章 《東亞之光》(1940)——視角、意義、貢獻與編導的人生際遇

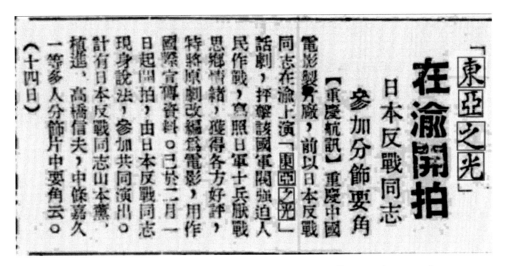

圖片說明:《大公報(香港版)》,1940 年 2 月 18 日,第 5 版(影印版)。

閱讀指要:

　　整個八年抗戰期間,現存的、公眾可以看到的抗戰電影只有 6 個,內地和香港出品的各占一半。內地出品的三部影片雖然都有著和所有抗戰電影一致的保家衛國和抗日救亡主題,但題材都比較特殊。其中,1940 年由重慶時期的中國電影製片廠出品的《東亞之光》,是「世界上第一部(由)俘虜(出演的)電影」。影片的戰時視角、歷史意義與時代藝術特色,均非比尋常,其電影史地位和獨特貢獻均值得重視。作為「中國影壇上最有成就的臺灣人」,編導何非光對抗戰電影的歷史功勳應予表彰,對與他貢獻極不相稱的身世際遇和遭受的不公正評價,理應正視聽、彰公理。

關鍵詞:抗戰八年;日本戰俘;抗戰電影;《東亞之光》;何非光;「中製」;

圖片說明：《大公報（香港版）》，1940 年 8 月 13 日，第 5 版（影印版）。

專業鏈接 1：《東亞之光》（故事片，黑白，有聲），中國電影製片廠（重慶）1940 年出品。錄像帶殘缺，時長 75 分 15 秒。（原片拷貝時長大約 100 分鐘）。

>>> **監製**：軍事委員會政治部；**製片**：鄭用之；**助製**：羅靜予；**顧問**：郭沫若。

>>> **編導**：何非光；**故事**：劉犁；**攝影**：羅及之；**錄音**：鄭伯璋；**布景**：姚宗漢、韓尚義；**劇務**：戴浩；**場記**：房勉；**場務**：盧業高；**場務主任**：王瑞麟；**劇務主任**：孟君謀；**剪輯**：鄔庭芳；**音樂**：任光。

>>> **特請軍政部俘虜收容所所長鄒任之、沈起予協助拍攝。**

>>> **主演**：山本隊長—江戶洋、高橋三郎—高橋三郎、植進—植進、關村準尉—關村吉夫、中村上等兵—中村、玉利上等兵—玉利、高橋一等兵—高橋信雄、岡村喇叭卒—岡村、谷口一等兵—谷口、田中一等兵—何非光、厭戰的日兵—鄭君里、游擊隊女兵甲—朱嘉蒂、游擊隊女兵乙—楊薇、游擊隊女兵丙—鄭挹瑛、山本隊長之妻—虞靜子、神槍手—戴浩、農婦—朱銘仙、舞臺監督—江村、演講者—張瑞芳、新聞記者—孫堅白（石

羽）、游擊隊司令—王珏、護送官—郭壽定（陽華）、
俘虜收容所所長—鄒任之、俘虜收容所管理員—沈起
予。

專業鏈接 2：原片片頭字幕及演職員表字幕（缺失）〔註 1〕

〔註 1〕我看到的影片是錄像帶翻拍版，影片開頭部分的影像缺失約 5～9 分鐘。專業
　　　　鏈接 1 中的相關信息係委託他人從境外網站（網址：https://71a.xyz/xz3r5o）獲
　　　　得，謹供參考。

專業鏈接 3：影片鏡頭統計

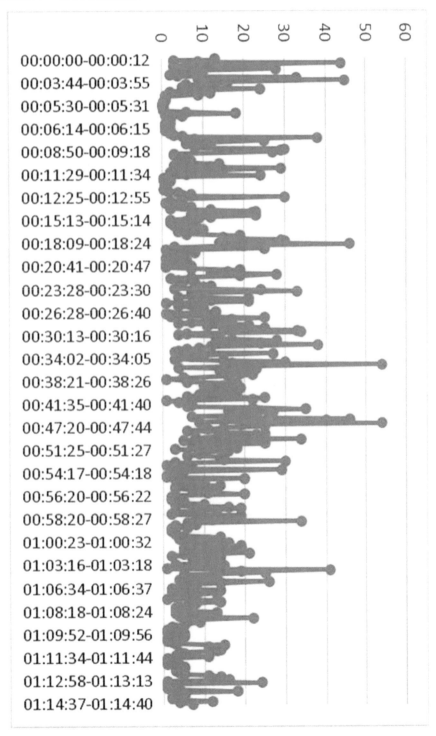

說明：《東亞之光》殘片時長 74 分 47 秒，共 450 個鏡頭。其中：

甲、小於和等於 5 秒的鏡頭 194 個，大於 5 秒、小於和等於 10 秒的鏡頭 95 個，大於 10 秒、小於和等於 15 秒的鏡頭 65 個，大於 15 秒，小於和等於 20 秒的鏡頭 34 個，大於 20 秒、小於和等於 25 秒的鏡頭 28 個，大於 25 秒、小於和等於 30 秒的鏡頭 17 個，大於 30 秒、小於和等於 35 秒的鏡頭 7 個，大於 35 秒、小於和等於 40 秒的鏡頭 3 個，大於 40 秒、小於和等於 45 秒的鏡頭 3 個，大於 45 秒的鏡頭、小於和等於 50 秒的鏡頭 2 個，大於 50 秒的鏡頭 2 個。

乙、片頭鏡頭 0 個，片尾鏡頭 1 個；字幕鏡頭 2 個。

丙、固定鏡頭 302 個，運動鏡頭 65 個。

丁、遠景鏡頭 21 個，全景鏡頭 119 個，中景鏡頭 111 個，近景鏡頭 89 個，特寫鏡頭 23 個。

（數據統計與圖表製作：歐媛媛）

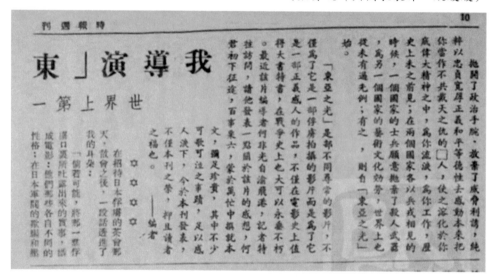

圖片說明：編導何非光在香港《時報週刊》1941 年第 1 卷第 5 期上發表的文章（第 11 頁）。

專業鏈接 4：影片經典字幕與臺詞選輯

　　日軍艦長：「什麼事？」——日本軍官：「出征的軍艦。凱旋的軍艦」——日軍艦長：「原來凱旋的是傷病和骨灰」。

　　日軍艦長：「你說支那沒有飛機我們軍艦怎會被炸？」——日軍軍官：「我只將長官說的話向大家說說罷了」。

　　日軍士兵：「假的，說支那沒有飛機是假的！被欺騙了！我們被欺騙了！」

日軍副官：「他的死對國內怎麼報告？」──日軍軍官：「說是光榮的戰死」。

國軍士兵甲：「日本兄弟！」──國軍士兵乙：「操你個奶奶的！」

平民：「你們還叫我不要吵，不可能，我非殺死那幾個鬼子不可！」──國軍士兵：「你們不要鬧了，聽我說，日本強盜當然要殺掉他，不過這些個日本兵都是日本老百姓。他們都是受日本軍閥欺騙……（聲音損壞）」。

國軍女兵：「你們的心情我很明瞭。…（聲音損壞）我們的憤恨應該放在日本軍閥身上才對。大家覺得怎麼樣？如果大家明瞭我的話，請回。至於餘下的事，我們自有軍法來處置他們！……你們還是回去吧！」──中國平民：「話說得很有道理，但是我總想親手殺死三五個鬼子，替我這一家大小報了仇我才肯罷休呢！」

收容所國軍軍官：「你怎麼了？」──日軍俘虜的弟弟：「我的哥哥……」──軍官：「快去會他！」──俘虜的弟弟：「我是俘虜，他一定不肯原諒我！」──軍官：「你不是要為正義而鬥爭嗎？去說服他吧！」

俘虜弟弟：「哥哥！」──俘虜哥哥：「沒想到在這見面！……軍人的恥辱！……弟弟你也？……沒想到在這裡見面……軍人的恥辱！」──俘虜弟弟：「照這次戰爭的性質來看並不是恥辱……逃生也許是卑鄙的，但是，至少我們能夠逃出日本侵略者的手裏。這次的侵略戰爭，日本國民能得到自由嗎？而為正義抗戰的中國，也不是日本軍閥所能征服（聲音損壞）」。

中村：「請你吹奏『流浪曲』給我聽好嗎？」──拄拐杖俘虜：「好的」──中村：「男子不該流淚的，快吹給我聽吧！」

拄拐俘虜：「演反侵略戲劇或到前線向日軍播音的工作如何？」──其他俘虜：「贊成！附議！」──收容所國軍軍官：「請求當局給你們方便就是！」──戴眼鏡俘虜：「我決心把白骨埋葬在中國的聖地，求您幫助！」

俘虜弟弟：「怎麼了哥哥？」──俘虜哥哥：「他們恥笑我是俘虜！」──弟弟：「並沒有人恥笑你呀！」──哥哥：「雖說做了俘虜，能夠幹這種事嗎？」──弟弟：「別那樣想，我們這樣受苦受難是要拯救苦難的日本人民的，並且要（聲音損壞）地球上殘酷的侵略戰爭消滅掉，這是人類的呼聲也是我們應當去努力的。」

圖片說明：編導何非光在香港《時報週刊》1941 年第 1 卷第 5 期上發表的文章（第12 頁）。

國軍士兵：「你們家來信了！」——俘虜弟弟：「大嫂來的！」（畫外音：「（聲音損壞）夫君大鑒：政府自滿洲戰爭以來（聲音損壞）以征服大陸救濟國民貧困之昭示而欺騙人民。（聲音損壞）當俱盡，鄰借無由，金子與（聲音損壞）女無日不在飢寒之中，若戰爭繼續拖延，母女只有餓（聲音損壞）。昭和十二年十一月十三日 妻金子繼上」。

俘虜弟弟：「這種痛苦是日本軍閥給我們的，這戲我們更非為日本人民努力不可！」

報幕：「被我們俘虜了以後，失掉他們戰鬥能力的時候，我們的政府立刻用款待一個善良的平民的方法去接待他，絕不殘害一個失掉戰鬥力的日本兵……這就是中國軍隊的紀律。現在，請看經過我們勸導之後一致的怨恨日本軍閥侵華之惡的在華的日本士兵現身說話表演《東亞之光》，這就更可以明白日本人民反戰的（聲音損壞）」。

日軍士兵甲：「哈哈！多麼可愛的慰安女呀！」——女子：「我不願意過這種非人生活！」——日本士兵乙：「這種醜態也算皇軍嗎？有這些傢伙我們才受壓迫的！」

日本女人：「給我飯吃！還我的丈夫！」

日本女人：「不要哭，等你爸爸回來就有飯吃了！」——女兒：「爸爸幾時回來呢？」——女人：「戰爭結束了就回來了！」——女兒：「幾時結束？」——女人：「戰爭嗎？……唔，孩子，不要問這個問題！」

臺下觀眾：「打倒日本帝國主義，打倒日本軍閥！」

日軍俘虜：「敵人不在這裡，是在日本，在戰場！」

俘虜的弟弟：「哥哥，我今天能夠為正義而犧牲是光榮的！」——
哥哥：「弟弟，決不讓你白白的犧牲，安息吧。」

日軍反戰士兵：「諸位靜聽我講！我們也是日本軍人，幸而得到了
中國軍隊營救，逃脫了日本軍閥的犧牲。現在我們不怕危險，在這裡
作正義的呼籲！兄弟們，聽吧！這是日本人民真正的吶喊！醒醒吧，
同胞們！我們的敵人不是愛好和平的中國，日本軍閥才是我們真正的
敵人呀！」

日軍反戰士兵：「起義吧，兄弟們！我們只有和中國攜起手來，並
聯合其他愛好和平的民族打倒日本軍閥！這才是日本人民的解放！才
是東亞的光明！才是世界人類的和平！」

日軍士兵：「不願意做奴隸的日本人民跟我來吧！」

國軍士兵：「呀，敵人投降了，你們成功了！」

國軍軍官：「日本弟兄們，投降是你們正義的表現！但是我們共同
的敵人還沒有打倒，舉起槍來，予打擊者以打擊！」

（字幕）：起來！為人類自由和平而戰！

（歌詞字幕）：是誰奪去我們的自由

是誰破壞人類的和平

我們燃起自由的火炬

我們高舉和平的旗幟

同胞們　起來　起來

為民主自由解放而鬥爭

同胞們　起來　起來

齊為人類和平而抗戰！

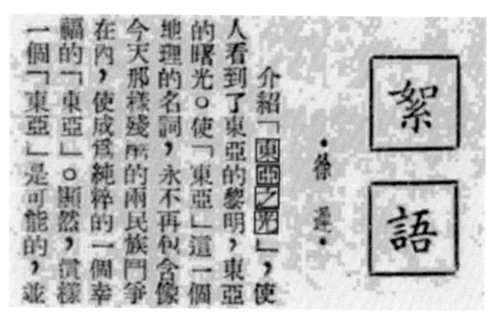

圖片說明：徐遲：《絮語》，刊《大公報（香港版）》1941 年 12 月 2 日第 8 版（影印件）。

專業鏈接 5：影片觀賞推薦指數：★★★☆☆

專業鏈接 6：影片學術價值指數：★★★☆☆

甲、前面的話

1937 年 7 月 7 日，日本軍隊開始進一步侵略中國的「盧溝橋」事變（「七七事變」）爆發後，中華民族和中國社會被迫進入全面抗擊侵略、保家衛國的民族聖戰歷史時期。政府最高統帥在「事變」十天後發表演講稱：「如果戰端一開，那就是地無分南北，人無分老幼，無論何人，皆有守土抗戰之責任，皆抱定犧牲一切之決心」[1]。

抗戰期間的「國統區」文藝，在「在國難當頭的時候……『救亡』煥發了巨大的民族凝聚力」[2] P446。1938 年，「國統區」文藝界影響最廣泛、聚合派別最廣泛的中華全國文藝界抗敵協會（「文協」）倡議的「文章下鄉，文章入伍」[2] P446~447，都可以視為直接為抗戰服務的「抗戰文藝」。其中，就包括從戰前（1936 年）國防電影（運動）[3] P6延伸而來的抗戰電影形態。[4]

從 1937 年 7 月 7 日抗戰全面爆發，到 1945 年 8 月 15 日抗戰勝利，「國統區」只有三家官方電影製片廠，即中國電影製片廠（「中製」，分為武漢時

期和重慶時期）、中央電影攝影場（「中電」），以及西北影業公司，八年間共拍攝了 20 部故事片（有 1 部未完成）[3]P419~423，全都屬於抗戰電影。現存的、公眾可以看到的，只有 3 部：《東亞之光》、《塞上風雲》（1940）〔註2〕、《日本間諜》（1943）〔註3〕，而且都是重慶時期的「中製」出品的。

圖片說明：鄭用之：《「東亞之光」獻映詞》，刊《大公報（香港版）》1941 年 12 月 2 日第 8 版（影印件）。

相形之下，港英當局治下的香港，民眾的抗日熱情和電影界抗戰電影的製作令人欽佩。資料顯示，從 1937 年 7 月到 1941 年 12 月太平洋戰爭爆發（香港淪陷），四年半時間裏，香港出品了 61 部粵語國防電影（抗戰電影），占同時期香港電影總產量的 13%[5]。現存的、公眾可以看到的，目前也只有 3 部：《游擊進行曲》（1938）〔註4〕、《萬眾一心》（1939）〔註5〕、《孤島天堂》（1939）〔註6〕。

〔註2〕這部影片的具體信息以及我的討論意見，祈參見本書第伍章。
〔註3〕這部影片的具體信息以及我的討論意見，祈參見本書第陸章。
〔註4〕這部影片的具體信息以及我的討論意見，祈參見本書第壹章。
〔註5〕這部影片的具體信息以及我的討論意見，祈參見本書第貳章。
〔註6〕這部影片的具體信息以及我的討論意見，祈參見本書第三章。

現存的這 6 部抗戰電影，雖然都有著和所有抗戰電影一致的保家衛國和抗日救亡主題，但「中製」出品的這三部，題材都比較特殊。其中，1940 年的《東亞之光》，號稱是「世界上第一部（由）俘虜（出演的）電影」。影片豐富的歷史信息、獨特的文化價值和紀實性的藝術特色，以及因為編導的身世際遇而導致影片曾遭受過的不公正的評價，都值得深度關注和進一步闡發。

乙、《東亞之光》的戰時視角和歷史意義

子、戰時視角

1940 年 2 月 18 日香港《大公報》發表消息稱：「重慶中國電影製片廠，前以日本反戰同志在渝上演『東亞之光』話劇，抨擊該國軍閥強迫人民作戰，寫照日軍士兵厭戰思鄉情緒，獲得各方好評，特將原劇改編為電影，用作國際宣傳資料。已於二月一日起開拍，由日本反戰同志現身說法，參加共同演出。計有日本反戰同志山本薰植進、高橋信夫、中條嘉久一等多人分飾片中要角云」[6]。

據《大公報》報導，參加演出的四百餘日軍俘虜，包括重要演員二十九人，「在軍政部第二俘虜收容所預立誓言」，曰：「余等幸蒙中國軍隊營救，已恍悟中日戰爭之真意，而免作日本軍閥之犧牲品。今誓以至誠，自願演出中國電影製片廠製作之『東亞之光』電影，向全世界人類作正義之呼籲，謹誓」[7]。影片當年完成攝製後，製片方與日本演員們集體聯歡惜別時，其直屬上級政治部特地第三廳廳長等員出席[8]。

1941 年，重慶的刊物還發表了一名參演俘虜給他日本友人的信件，再次表達對「獸性的日本軍閥」的憤怒，並認為「只有中國的勝利才是東亞之光，才是真正的光榮和偉大的愛國主義者」[9]。編導何非光則撰文，對自己導演的

「世界上第一部俘虜電影」，以及花八晝夜趕寫劇本的辛苦和辛勤指導那些
「電影圈中的門外漢」[10]的日本演員所獲得的成功，表示欣慰。12 月 2 日，
有記者發表文章，稱影片「所提出的由日本士兵自動起來打倒日本軍閥，由
中日兩大民族的人民攜手，建設一個新的東亞，都是很正確的思想」[11]。

　　就在同一天、同一張報紙的同一版，還發表了製片方「中製」廠長鄭用
之的《「東亞之光」獻映詞》，高屋建瓴地指出影片的三大意義：國際意義是
「中華民族王道神精和三民主義博愛精神的具體表現，也是三民主義必能戰
勝日本帝國主義的有力保證！」；政治方面「將更加強全國同胞的勇氣和對勝
利的信心。抗戰三年來，全國軍民的巨大犧牲，不是沒有代價的。儘管敵偽
虛偽宣傳，大唱濫調，而其崩潰的命運，卻已注定」。[12]

　　藝術方面是影片的「最大特色」，因為「真實的藝術就沒有逃避現實，總
是反映現實的。『東亞之光』就是鐵的現實的裸陳。因為本片的劇情，不是空
中樓閣的虛擬故事，而是中日戰爭中一段血淚的事實。擔任本片的幾十位主
要演員，不是一般職業性的演員，而是放下屠刀的日本俘虜。換言之，『東亞
之光』乃是以『真人』『真事』構成的一首史詩。唯其如此，它在藝術上的成
就，也較任何影片為大，感人的力量，也較任何影片為深」。[12]

　　「獻映詞」發表的時間和它對影片提綱挈領的標識需要值得特別注意。
因為，5 天之後，日本偷襲珍珠港，將戰火播撒到中國以外的國家和地區。

丑、歷史意義

從歷史的角度看，太平洋戰爭的爆發是日本軍國主義開始走向敗亡的起點，更是反法西斯同盟凝聚新力量開始勝利征程的起點。這就是《東亞之光》戰時視角的歷史意義所在：所謂影片對「鐵的現實的裸陳」，講的不僅僅是對現實的反映，而是因為影片拍攝和上映的時候，正是中國軍民奮勇抗戰最為艱難的時刻。作為親歷者，編、導、演和廣大觀眾，雖然堅信一定會取得勝利，但不知道勝利已經在望。這就是為什麼「中製」負責人說影片是「由真人真事構成了一首史詩」[12] 的根本原因。

回顧中國的抗戰歷程就會發現，影片拍攝和完成的 1940 年，中國的抗日戰爭（以及世界反法西斯戰爭）正進入最為危險的黑暗時段。1937 年 7 月 7 日「盧溝橋事變」後，日軍用了不到一個月時間，攻陷北平，佔領天津。自此以後，國軍接連在多個戰場與日軍展開對決式的戰略會戰，但國土淪陷面積日益擴大：

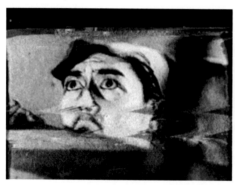

1937 年，「淞滬會戰」（1937.8.13～11.11）、「太原會戰」（1937.9～11）、「南京會戰」（1937.12.1～13）後，上海、太原和首都淪陷，半個華東、整個華北淪陷。1938 年，「徐州會戰」（1938.1～5）、「蘭封會戰」（1938.5～6）、「武漢會戰」（1938.6.11～10.27）後，整個華東和半個華中淪陷。1939 年，「隨棗會戰」（1939.5.1～24）、第一次「長沙會戰」（1939.9～10）、「桂南會戰」（1939.11～1940.1）前後，華南淪陷。1940 年，「棗宜會戰」（1940.5.1～6.18）……[13]。

1940 年的中國領土，從北方的內外蒙古到最南端的海南島，大半淪於敵手，主權政府被壓縮在以重慶為中心的西南一隅統攝全局、領導抗戰。此時的世界反法西斯戰爭戰場，歐洲、北非以及大西洋戰火正熾，扭轉整個第二次世界大戰命運並最終引領走向全面勝利的太平洋戰爭尚未爆發，美國還沒

有正式參戰。在亞洲，只有中國在竭盡國力、孤軍奮戰、苦苦支撐，全國上下一體，不分男女老幼軍民，以血肉之軀對抗著比納粹德國還要兇險的日本。

因此，這時候的《東亞之光》與其說是記錄了中國人民奮勇抗戰的橫截面，不如說是以粗糙的形式反映了中國人民處在艱難歷史時期寧死不降的決絕心境。實際上，從 1931 年「九一八」事變開始算起，中國雖然已經進行了艱苦卓絕的十年抗戰，但卻始終沒有對日宣戰，為的是能從中立國繼續獲得「武器裝備、軍用物資以及軍事工業的所需原料」等必需品（日本更是直至戰敗投降也不曾對華宣戰）[14]，更希望獲得國際層面的道義同情和其他支持。

1941 年 12 月 7 日，日本偷襲珍珠港，次日，美國對日宣戰，第二天，中國對日宣戰——這是繼第一次世紀大戰後，中國又一次在歷史的轉折點做出的正確選擇。因此，在這種情況下的《東亞之光》，又是屬於整個抗日戰爭過程中不可或缺的宣傳考量。使用這麼多被俘日軍士兵共同出演「世界上第一部戰俘電影」，就是要向全世界表明公理和道義所在：日軍不僅是中國的俘虜，而且還成為反對日本軍國主義的有生力量。這是人類共同追求和平、反對戰爭的正義指向。

丙、以往評價、時代藝術特色與編導的不公平際遇

子、以往評價

1960 年代，集體編撰、代表中國電影史研究最高成就的《中國電影發展史》，對《東亞之光》多有正面肯定，尤其是讚揚其「仍然較為真實地反映了政治部三廳正確執行中國共產黨的戰俘政策而取得的成就」[3] P44~45，但同時，又指責「由於何非光編導才能的限制，結構很凌亂，所以沒能獲得更好的成績」[3] P45。給出這種雙標結論的一個重要原因，是因為當時「中製」的直屬上級是民國政府軍事委員會政治部三廳：副部長是周恩來[15]，廳長是郭沫若，廳長辦公室主任秘書為陽翰笙[16]——也就是二十多年後《中國電影發展史》初稿審閱的領導之一[17] P2。

1990 年代的電影史研究，肯定了影片「從一種戰時影壇中不多見的新鮮角度」對主題的揭示，稱讚編導「在處理這樣一個特殊題材時，有意識地摒棄概念化的表現方法，較為細緻地把握了主要人物的心理漸變過程，並突出了他自身的省悟在這個過程中的重要作用」，影片「具有更加令人信服的藝術效果」[18] P72——基本否定了以往三十多年對編導才能的指責。

2000 年後，研究者進一步肯定影片「沒有像當時的不少作品那樣，正面描寫戰時生活，而是從一個極小的、不為人重視的側面，折射出中國抗日戰爭的正義性」，同時對影片的「戲中戲」和紀錄鏡頭譬如橫移手法等多有稱讚：「對戰俘宿舍的交代，何非光用了一個長達幾分鐘的橫移鏡頭，完整地表現整個宿舍床位場面，顯得頗有氣勢。這種不是出於對藝術的著意追求，但卻具有許多優秀長鏡頭片段藝術特徵的鏡頭，在整個抗戰電影創作中都是不多見的」；隨後又援引當年的影評深入說明：「『就劇情方面說，《東亞之光》

可算是一個紀錄片，因為它完全是日本反戰同志過去的經歷的復演，可是由於導演者手法的高明，把這些素材處理得非常恰當，而加重了它的人情味。』（子都：《人類史上的奇蹟——〈東亞之光〉觀後》，1941 年 1 月 11 日重慶《掃蕩報》）」[19]。

在這方面，另一位研究者也表達了基本相似的意見，而且，用編導自己的話直接解釋了那個橫移鏡頭的用意：「當時很多人，尤其是國際上，不相信中國會俘虜那麼多日本兵；日本輿論也說是中國的誇大宣傳。所以我要拍一個完整的全景，來證明它的真實性」[20]。

丑、時代藝術特色

多年來研究者們對《東亞之光》主題思想的肯定和表彰沒有問題。問題是，討論《東亞之光》的藝術性或曰藝術特色，首先得回歸歷史語境：抗戰全面爆發後，「國統區」的文藝，小說、詩歌、散文、戲劇，當然還有電影，全部為一個主題服務，即抗戰。一切為了抗戰，抗戰就是一切。譬如 1938 年，「國統區」的「文協」倡議「文章下鄉，文章入伍」[2] P447 就是證明。

但隨著當年 10 月，「主持戰時軍事、財政、經濟、外交和宣傳動員工作要務的……國民政府中樞決策的主體」所在地武漢的失守淪陷[21]，「抗戰進入相持階段……初期受速勝論鼓動的昂揚激憤的社會心理，已經慢慢沉靜下來，人們開始正視戰爭的殘酷性和取得勝利的艱巨性」，文學開始轉向對「戰爭中暴露出來的中國社會痼疾的正視和思考」[2] 447。

但是，「國統區」的抗戰電影，譬如《東亞之光》和同年的《塞上風雲》，以及香港一兩年前的《游擊進行曲》、《萬眾一心》和《孤島天堂》等，卻

還保持的抗戰初期「救亡」的初心〔註7〕。因此，戰略相持階段的《東亞之光》和《塞上風雲》，首先是抗戰文藝的一個重要部分和具體體現。只有在這個大前提下討論影片藝術性或藝術特色才有意義，因為那些包括鏡頭在內的視聽語言，在哪個影片中都不可或缺。還因為，此時期「國統區」即大後方是以「電影抗戰」，「而電影的政治功利，也以高於一切的神聖姿態壓倒了其他方面的功利目的⋯⋯大後方電影以特有的方式參與民族解放戰爭」〔18〕P67。

《東亞之光》、《塞上風雲》、《日本間諜》都出自「中製」，而且每部影片的視角（包括題材），都極為特殊——這種特殊即使放在所有有片目可查的抗戰電影當中也不尋常：《東亞之光》從中國軍民的死敵——日本戰俘的角度來看待戰爭，所以編導才說這是第一部世界俘虜電影；《塞上風雲》反映少數民族、北方蒙古族聚居的邊遠之地的抗日鬥爭，民族性和地域性鮮明；《日本間諜》從當時旅居中國的外國人的視角，看待和反映淪陷已久的東北地區的抗日情形。

寅、編導的不公平際遇

作為演員，從 1931 年到 1938 年，何非光參演了 17 部影片：《人道》（1931）、《續故都春夢》（1932）、《天明》（1933）、《除夕》（1933）、《母性之光》（1933）、《小玩意》（1933）、《風》（1933）、《人生》（1934）、《惡鄰》（1933）、《淚痕》（1933）、《華山豔史》（1934）、《暴雨梨花》（1934）、《體育皇后》（1934）、《再會吧，上海》（1934）、《昏狂》（1935）[17]P605~631、《保衛我們的土地》（1938）[3]P419、《熱血忠魂》（兼副導演，1938）[22]P123。作為編導，在《東亞之光》的前一年，編導了《保家鄉》（1939）[3]P421。怎麼會被《中國電影發展史》授予一個受到「編導才能的限制」[3]P45 的評判結論？

《東亞之光》以後，何非光編導《新生命》（1941）、參演《日本間諜》（兼副導演，1943）[22]P123，編導《氣壯山河》（1944）、《血濺櫻花》（1944）[3]P422。抗戰勝利後的 1946 年，編導《蘆花翻白燕子飛》、《某夫人》，1947 年編導《出賣影子的人》，1948 年導演《同是天涯淪落人》[22]P124、《花蓮港》[3]P476，1949年導演《人獸之間》[22]P124。其中，抗戰電影《氣壯山河》和《血濺櫻花》，分別被《中國電影發展史》指為「技巧拙劣」[3]P129和「反動」[3]P130。

為什麼？

因為在《中國電影發展史》出版的前幾年，何非光先是被公安局拘留八個月，隨後被法院判處「反革命罪」，監督改造兩年[23]P86——他被有了政治問題。

丙、結語

抗戰勝利後，作為「知名導演」，何非光在臺灣、香港、上海、新疆等地拍故事片，也拍紀錄片；1949 年後回到上海，申請加入「上海電影戲劇工作者協會」卻沒批准，只准當「個別會員」；申請去香港倒是可以，「但未成行」，隨後他參了軍，當「戲劇教員」；1950 年底，「為求積極表現」[24] P14，他隨部隊去朝鮮參戰，幫著拍「戰地紀錄片」[23] P86。

有研究者研究得起疑又釋疑：既然不能回歸電影界，可為什麼倒能參軍？原來是所在部隊要打臺灣，而他是臺灣人，「當有可用之處。一旦解放臺灣計劃無限期延緩」，他又很快（在 1951 年）退役[25] P154。退役後，國營電影廠還是不收他，結果他又參了軍，任職「西北軍區後勤部文工團……舉家遷往蘭州」；但 1954 年又被「資遣」，只好去地方私營劇團當導演，導得成功了要拍電影了，又把他晾在一邊；1958 年，他被拘留、判「反革命罪」，罪行是「加入國民黨，並曾任『中製』國民黨黨部候補委員和編導反動電影」，在「街道監督勞動改造兩年」後，靠拉人力車謀生[23] P86。

1966 年，「文革」開啟了所有中國人災難性的十年歷程，沒人能幸免，被稱為「臭老九」的知識分子，尤其是 1949 年前的、有海外背景的，更是首當其衝。他被抄家、批鬥並關押八個月[23] P86。用他自己後來的話說：「國民黨說我投共，共產黨一直把我當國特，文革前就被鬥，文革期間鬥得更慘，好幾次被整得死去活來」[24] P15。直到 1979 年，他才被平反（一說是 1980 年[22] P123），被安排了工作，總算有了月工資和兩居室住房[26] P75——從 45 歲開始在底層賣苦力，到這一年，他 66 歲。

為什麼 1949 年以後他不被新政權待見如斯？為什麼他能兩次參軍卻回歸不了電影界？他後來對大陸的研究者解釋說，「是因為電影界有權威人士說我是特務」；證據？「主要因為我是臺灣人」[25] P154。這個解釋太敦厚；而且，說的、記的和發表的都有顧慮。還是海外人士看得明白、講得清楚：一，他拍的抗日電影，「功」恰恰是「過」，因為表現國軍抗日，與這邊「大力鼓吹的『抗日英雄都是中共、國軍只會打自己人』」的政策不符[24] P14；二，直到他去世前兩年的 1995 年，香港電影界才「敢」請他參加學術活動的原因，是當年「中製」老同事、「大陸電影界的大老，一言九鼎」的陽翰笙（1902～1993）已經過世了。[24] P15

憶往昔，國難當頭，「一寸膠片一寸血」[24] P12，拍抗日電影就是軍功。何非光既是驍將，又是前鋒。八年抗戰時期，「國統區」一共完成 16 部抗戰電影[3] P419～423，他一人參演 3 部（《保衛我們的土地》《熱血忠魂》《日本間諜》），兼副導演 2 部（《熱血忠魂》《日本間諜》），編導 4 部（《保家鄉》《東亞之光》《氣壯山河》《血濺櫻花》），其貢獻幾乎接近總產量的一半。現如今，《東亞之光》的拷貝「有三分之一都不是原來的影片」[24] P14，《保家鄉》的拷貝在香港[27] P61。在大陸的中國電影資料館，1949 年前的中國電影當在 380～390 部，

現在民眾能看到的「只有二百多部」[28]；對於這種屏蔽歷史、截斷信息、公器私用的現狀，研究者一再呼籲：「資料開放，資源共享！」[29]

藝術作品的一個基本功能是記錄和反映現實，無論是主觀的還是客觀的，而且都要和人、和人的情感緊密相關[註8]。《東亞之光》的意義在於它即時反映了戰爭的殘酷性和敵人的真實性，在於最大程度地發揮了政治宣傳的特效性、抗日救亡的啟蒙性。今天，這些破碎的影像，這些殘破的聲音，還有那些現在看上去非常生疏，但似乎又存在於人們遙遠記憶深處的人物、事件和景象，恰恰是真實歷史的本來面目。

作為「中國影壇上最有成就的臺灣人」[24]P11，他和萬千國人一樣，最終沒能落葉歸根，只有「遊子吟」。作為拍出了史無前例的影片編導，他的人生際遇是另一種形式的「戲中戲」情景。許多人和他一同並肩出鏡，只不過，膠片是歲月，最終完成的，是在時代風雲中各自的顯影、定型。

丁、多餘的話

子、《東亞之光》的現存影像

我知道《東亞之光》有拷貝留存於世，也知道應該是被封存於北京中國

[註8] 從這個意義上說，我始終極其厭惡和痛恨那種不僅不反映現實、而且還偽飾現實的國產片。從整體上看，1949 年前的中國電影基本不存在這個問題，因為那是私營／民營公司基本覆蓋整個市場的年代。在那之後，國家話語掌控和替代了包括視聽語言在內的電影表達……直到 1980 年代，在改革開放的時代大潮中，尤其是在港臺影視劇的文化反哺中，新市民電影、新國粹電影、新左翼電影，陸續回歸中國影壇——對這一問題的詳細討論和文本實證，祈參閱拙著《新世紀中國電影讀片報告》（中國傳媒大學出版社 2014 年版，未刪節增補版祈參見臺灣花木蘭文化出版有限公司 2020 年即出的《黑旗袍：中國電影的文化邏輯與市場機制——2000 年以來的文本實證》一書）。

電影資料館。去年因教學需要，詢問過幾位同行，最終得到北京大學藝術學院李道新教授的慷慨相助。「學術乃天下之公器」，所以要特別感謝他大公無私和古道熱腸的俠義之風。

我得到的錄像帶版的《東亞之光》，但磁帶大部分已然黏連。所幸又得到學校電視臺高級工程師楊玉平老師的技術支持，用專業設備一寸一寸地手工調整鬆動。遺憾的是，影片的開頭部分大約十幾二十分鐘的長度始終無法修復、沒有影像。但我認為更有可能的是，這一段在複製到錄像帶時就是缺失的。至於其他部分的缺失，基本上就是因為黏連過度或者磁粉直接失效所致。

影片開始部分的缺失，還有其他的解釋。第一是 1995 年，何非光在「抗日電影回顧展」上看到的《東亞之光》是「被拼湊，有三分之一都不是原來的影片」[24] P14。第二是如下材料：「因為影片開頭缺失，在修復過程中，由於工作人員的粗疏，竟將日本人宣揚『大東亞共榮圈』的同名紀錄片《東亞之光》片段作為該片的缺失部分誤接在了一起，成為難以改正的錯誤」[30]。第三，有研究者證實，其 2005 年之前「能看到的《東亞之光》的拷貝缺損了第一本」。[31]

丑、陽翰笙的「公仇」

因此，何非光之所以直到晚年還對當年打壓他、懷疑他「是特務」的電影界「權威人士」[25] P154 陽翰笙提起來「就生氣」[24] P15，原因大概有二，一是當年棄何非光另投他人的前妻朱嘉蒂，就是此公的「門生」[26] P75，也許前後不無芥蒂，但即使如此也是私怨。第二個原因可能，也許就是因為這次技術性失誤，讓「老」領導遷怒於何非光。

但最有可能的，是「公仇」：從政治正確、政治地位出發，何非光是必然要被犧牲而後快的死敵──說「特務」最合適！可以置人於死地。

寅、日軍戰俘

如果今天有人批評影片中的這些日本士兵也就日本鬼子的性格形象太單一，那就是要求太高，有點兒反歷史主義。因為抗戰期間，能抓到日軍俘虜是相當不容易的事情，何況不僅俘虜了這麼多，還能感化他們出來演反戰電影。

我至今記得 1970 年代我小學時讀到的一套回憶文章彙編叢書，其中有當年參加過戰鬥的八路軍首長說，雖然平型關伏擊戰大獲全勝，但日軍傷兵都拒不投降，用刀刺、用牙咬，「直到拼死為止」[32]。雙方的戰死率基本是一比一：殺了一千多，自己犧牲一千多，而且一個活著的俘虜也沒抓著。

不能被俘，寧死不降，被俘是恥辱，戰死是光榮，這是近代日軍尤其是侵華戰爭時的傳統，抗戰初期和中期尤其如此。大陸 2000 年的影片《鬼子來了》（姜文導演）當中，就有這樣的情節和文化心態。

因此，《東亞之光》有這些被俘日本士兵的參與，歷史即時感更強——不管他們是被日本軍隊看做懦夫也好，還是被國軍這邊看作反戰同志也罷，這些軍人能本色出演，反倒是保持了一份歷史的本真形象，難能可貴。

更何況，這些士兵並非都是真心投誠。1990 年代，何非光接受研究者訪談時提到，影片拍了一半的時候，主演暴亡，查不出原因，很可能是被他的日本同袍謀殺，只是找不到證據；待二次開拍的時候，還逃跑過兩個俘虜，所幸又抓了回來[27] P63。

寅、日本視角

直到 2009 年，距《東亞之光》問世將近 70 年後，大陸這邊才拍了《南京，南京》，再次從侵華日軍的視角反映中國軍民的奮勇抗戰。就此而言，更應該欽佩，中國電影界前輩在戰爭爆發的當年、在最艱難的時期，就有這樣一個新鮮視角的反映。

作為珍貴稀少的抗戰電影標本，《東亞之光》的歷史意義和藝術價值，我給予高度肯定和表彰。要說它的缺陷是很容易找出來的，譬如沒有更多的深入打磨。但你不要忘了，這種急就章，這種太當下的藝術表達不是從抗戰電影開始的，是從左翼電影就開始了的。因為中國現代社會的發展始終是在一個不斷被外力和內力相互作用打斷、扭曲的歷史軌道上，走一步停兩步地向前跌跌撞撞的發展的。

　　譬如 1911 年皇帝被廢了，但 1915 年和 1917 年，袁世凱和張勳先後復辟了 83 天和 12 天。中國社會從帝制向共和和現代民主，一直是走一步退一步甚至退兩步到今天的，你能說都是在進步了嗎？中國的藝術發展，尤其電影的發展比這個還要扭曲。譬如我一直強調中國電影的黃金時代是 1930 年代，為什麼？因為那個時代電影可以多元化地表達，電影的本體性得到了最大的體現和張揚。所以，出現了左翼電影和國防電影這種受到現實制約的急就章。

　　同時，同時期出現的其他新電影形態，即新市民電影和國粹電影剛剛開始糾正或者說，制衡左翼電影和國防電影急功近利的一面，直至抗戰全面爆發。因此，為抗戰服務的（左翼—國防—）抗戰電影就不能不始終受到戰爭形勢與歷史發展的直接制約。戰爭狀態下，你還有什麼可講究的、有什麼藝術可以發揮的呢？所以在這一點上與其說給《東亞之光》以批評，不如說給它做一個辯護，表示一個歷史高度的相當之同情和理解。

卯、抗戰題材電影的倒退

　　另一方面，1949 年以後的中國大陸電影，在抗日題材電影的表達上，完全倒退到甚至遠遠不及 1932 年左翼電影出現的時代。不僅看不到另外一種視角或者另外一種聲音的表現，甚至連最起碼的歷史真實都不能做到。這個情況一直持續到 2000 年姜文的《鬼子來了》。我說的沒錯，是倒退了；換言之，出現了近 70 年的停滯。這是今天討論《東亞之光》必須要注意的一點。

　　與此相關的，就是這個 1940 年拍攝完成的影片，從 1949 年到 2019 年的今天，70 年來，前 40 年，完全被封閉在資料館中作為反動電影對待保存；後 30 年，作為研究者，我才想方設法第一次看到。這個影片為什麼不能夠公開讓民眾都看到呢？為什麼還有很多其他 1949 年前的影片藏在資料館不讓人們看到呢？這個問題我在談左翼電影、國防電影時候已經明白了：就因為這些

影片中有軍旗、國旗、軍裝等與國軍、中華民國相關的各種各樣的標識、標誌的圖像和影像。《東亞之光》自然也不能例外。〔註9〕

初稿時間：2020 年 1 月 2 日

初稿錄入：歐媛媛

二稿配圖：2020 年 3 月 4 日～19 日

參考文獻：

〔1〕蔣委員長盧山講演詞〔J〕.滇黔，1937，3（2）：4～6.

〔2〕錢理群，吳福輝，溫儒敏.中國現代文學三十年（修訂本）〔M〕.北京：北京大學出版社，1998.

〔3〕程季華.中國電影發展史：第 2 卷〔M〕.北京：中國電影出版社，1963.

〔4〕袁慶豐.紅色經典電影的歷史流變——從左翼電影、國防電影和抗戰電影說起〔J〕.學術界，2020（1）：170～177.

〔5〕周承人，李以莊.早期香港電影史：1897～1945〔M〕.上海人民出版社，2009：238.

〔6〕記者.「東亞之光」在渝開拍 日本反戰同志參加分飾要角〔N〕.大公報（香港版），1940-02-18（5）.

〔7〕重慶九日航信.日本反戰同志演出「東亞之光」誓為人類正義呼籲 發表自願演出誓言〔N〕.大公報（香港版），1940-08-13（5）.

〔註9〕本章正文的主體部分（不包括丁、多餘的話），在收入本輯之前，曾以《〈東亞之光〉（1940）的戰時視角、歷史意義——兼論編導何非光的人生際遇》為題向外投稿，被退稿一次後，最終被《山西大同大學學報》2020 年第 4 期（責任編輯：裴興榮）接納。下方無文字說明的圖片，均為影片截圖。特此申明。

〔8〕亞君.「東亞之光」完成 兩國弟兄惜別聯歡〔J〕.上海：影迷世界，1940（2）：5.

〔9〕編者.「東亞之光」中：一個日本演員給他日本友人的一封信〔J〕.重慶：中國電影，1941：1（2）：18.

〔10〕何非光.導演「東亞之光」：世界上第一部俘虜電影〔J〕.香港：時報週刊，1941：1（5）：11～12.

〔11〕徐遲.絮語〔N〕.大公報（香港版），1941-12-2（8）.

〔12〕鄭用之.「東亞之光」獻映詞〔N〕.大公報（香港版），1941-12-2（8）.

〔13〕百度百科：《抗日戰爭中正面戰場的 22 次大型會戰》〔EB/OL〕，http://m.wx24.cn/Wap/bm_3w_show.asp?ID=16935〔登陸時間：2020-1-6〕

〔14〕知兵堂深度軍事：為何抗戰十年後，中國對日本宣戰才「姍姍來遲」？〔EB/OL〕，https://baijiahao.baidu.com/s?id=1586258366271530150&wfr=spider&for=pc〔登陸時間：2020-3-12〕

〔15〕百度百科：國民政府軍事委員會政治部〔EB/OL〕，https://baike.baidu.com/item/%E5%9B%BD%E6%B0%91%E6%94%BF%E5%BA%9C%E5%86%9B%E4%BA%8B%E5%A7%94%E5%91%98%E4%BC%9A%E6%94%BF%E6%B2%BB%E9%83%A8/6639850?fr=aladdin〔登陸時間：2020-3-12〕

〔16〕百度百科：國民政府軍事委員會政治部第三廳〔EB/OL〕，https://baike.baidu.com/item/%E5%9B%BD%E6%B0%91%E6%94%BF%E5%BA%9C%E5%86%9B%E4%BA%8B%E5%A7%94%E5%91%98%E4%BC%9A%E6%94%BF%E6%B2%BB%E9%83%A8%E7%AC%AC%E4%B8%89%E5%8E%85/6639688?fr=aladdin〔登陸時間：2020-3-12〕

〔17〕程季華.中國電影發展史：第 1 卷〔M〕.北京：中國電影出版社，1963：2.

〔18〕陸弘石，舒曉鳴.中國電影史〔M〕.北京：文化藝術出版社，1998.

〔19〕李道新.中國電影史〔M〕.北京：首都師範大學出版社，2000：121.

〔20〕李少白.影視權略──電影歷史及理論續集〔M〕.北京：文化藝術出版社，2003：132.

〔21〕黃立人，鄭洪泉.論國民政府遷都重慶的意義與作用〔J〕.民國檔案，1996（02）：115.

〔22〕何非光生平//黃仁.編.何非光圖文資料彙編〔M〕.臺北：財團法人國家電影資料館，2000.

〔23〕陳墨.「東亞之光」：何非光人生影事初探〔J〕.當代電影，2009（02）：84～92.

〔24〕黃仁.編者序:中國影壇上最有成就的臺灣人//黃仁.編.何非光圖文資料彙編〔M〕.臺北:財團法人國家電影資料館,2000.

〔25〕陸弘石.中國電影史1905～1949,北京:文化藝術出版社,2005.

〔26〕藍為潔.「失蹤」的臺灣籍愛國導演何非光〔J〕.檢察風雲,2012（02）.

〔27〕陸弘石,為了忘卻的記念:何非光訪談錄//黃仁.編.何非光圖文資料彙編〔M〕.臺北:財團法人國家電影資料館,2000.

〔28〕饒曙光.關於深化中國電影史研究的斷想〔J〕.北京:當代電影,2009（4）:72.

〔29〕酈蘇元.走近電影,走近歷史〔J〕.北京:當代電影,2009（4）:63.

〔30〕宋焱.主編.臺灣同胞與八年抗戰〔M〕.北京:臺海出版社,2009（08）:65.

〔31〕虞吉.紀實性故事片的埕本:《東亞之光》〔J〕.北京:電影藝術,2005（05）:22～24.

〔32〕李天祐.首戰平型關〔M〕//紅旗飄飄編輯部.紅旗飄飄（解放軍三十年徵文特輯）.北京:中國青年出版社,1957:280～281.

The Glory of East Asia（1940）——Perspectives, meanings, contributions and director's life encounters

Reading Guide: We can now seeonly six films among all the films about the Anti-Japanese War, which were produced duringthe eight-year Anti-Japanese War. Three films were produced in Mainland China and the others in Hong Kong. All three films produced in mainland China are unusual, although these films have the theme of defending the country and resisting Japan like other Anti-Japanese films. Among them, *The Glory of East Asia* produced by the Chongqing-based Chinese film studio in 1940 was "the world's first film in which actors were cast by captives". The film's war perspective, historical significance, and artistic characteristics of the ageare greater than ordinary films. We must also pay attention to this film's place and unique contribution to the film history. "As the most accomplished director in Chinese filmworld who was born in Taiwan", director He Feiguang's historical merit deserves recognition. It is necessary to correctly evaluate personal experience that is extremely disproportionate to his contribution, and correct the unfair evaluation he has suffered.

Key Words: eight-year Anti-Japanese War; Japanese captive; Anti-Japanese film; *The Glory of East Asia*; He Feiguang; Chinese film studio

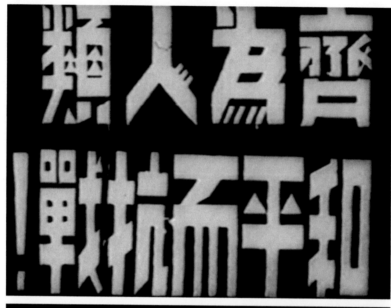

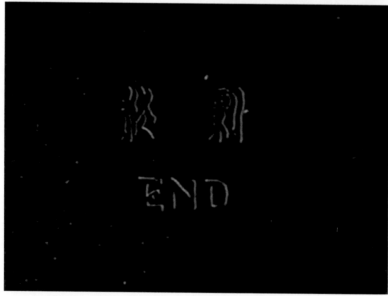